魔法科高中的劣等生 30
The irregular at magic high school
奪還篇
佐島 勤
Tsutomu Sato
illustration／石田可奈
Kana Ishida
illustrator assistant／ジミー・ストーン、末永康子
U0025958

KEYWORDS

西北夏威夷群島

西北夏威夷群島指的是從考艾島到中途島群島，相連長達2200km的33座島嶼。

珍珠與赫密士美軍基地

珍珠與赫密士環礁是位於西北夏威夷群島北部的環礁，1822年，英國的「珍珠號」與「赫密士號」兩艘捕鯨船在此處失事而得名。
這裡有一座USNA軍設立的基地，環礁外側建設人工地基與超大型浮台，再將基地主體蓋在上面（基地本身沒有飛機跑道，以基地所屬的航母代替）。
載著光宣與水波的運輸艦「珊瑚號」，正在航向這座珍珠與赫密士美軍基地。

中途島監獄

作為西北夏威夷群島的島嶼之一，中途島不是單一島嶼，是沙島、東島與幾座小島組成的環礁。
這裡有一座USNA軍設立的「中途島監獄」，是幾乎使用整個沙島東半部的大規模設施，由軍方森嚴的防衛設施保護。
大約一公里見方的腹地中，建造十棟看起來就很堅固的低矮建築物，其中五棟是監獄，一棟是管理事務所，兩棟是職員與兵員居所，一棟是武器庫，一棟是訓練設施。
莉娜信賴的班哲明．卡諾普斯少校被幽禁在此處。

「咦咦？」
光井穗香
就讀於三年A班，深雪的同班同學。擅長光波振動系魔法。一旦擅自認定後就頗為一意孤行。

「我想……我應該是喜歡他的。
因為將輝先生是一位溫柔的人。
「請各位等一下！
劉少尉還是年僅十四歲的女孩啊，
肯定不需要和所有人隔離才對！」

「將輝先生……？」

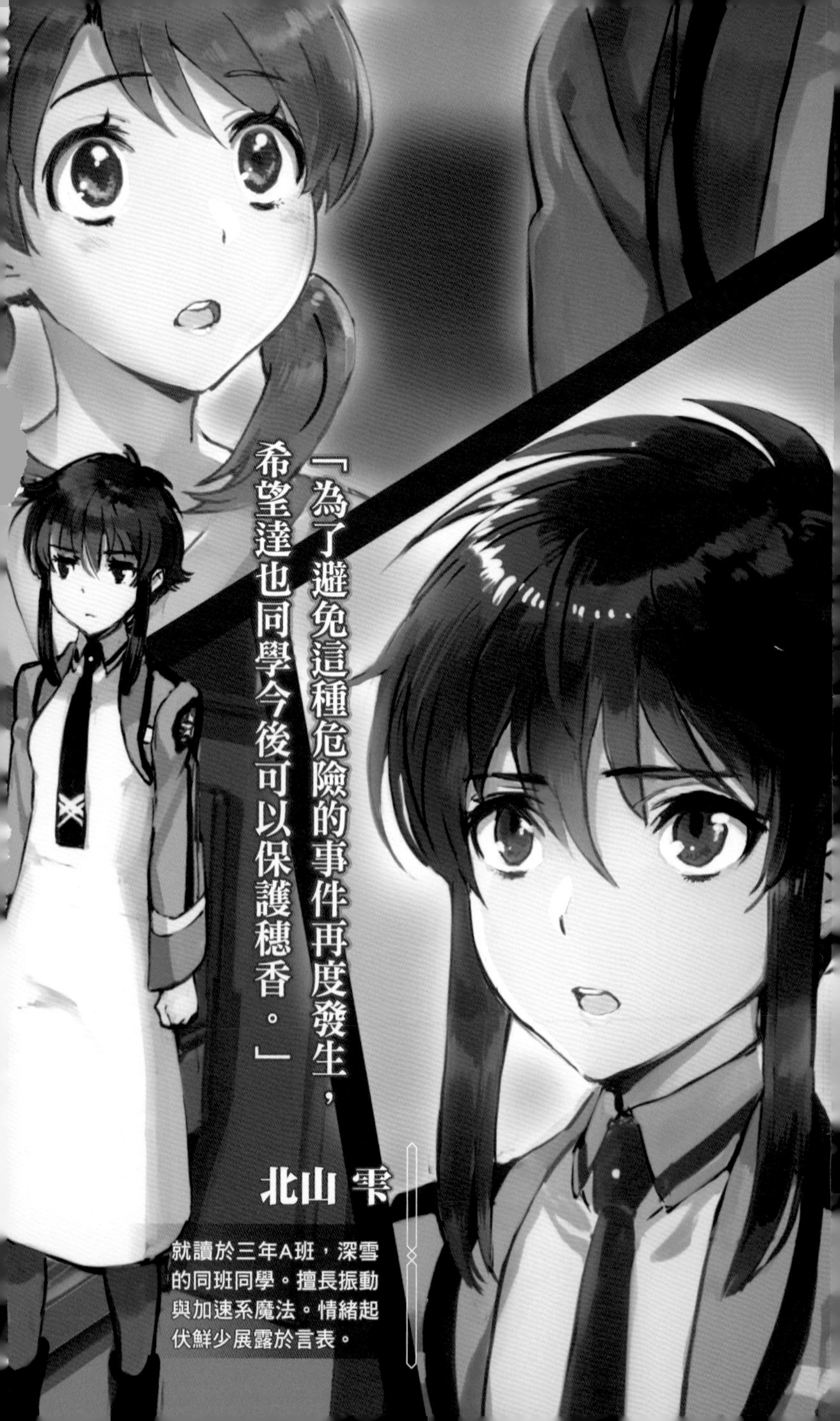
「為了避免這種危險的事件再度發生，希望達也同學今後可以保護穗香。」
北山 雫
就讀於三年A班，深雪的同班同學。擅長振動與加速系魔法。情緒起伏鮮少展露於言表。

一条將輝
第三高中三年級學生。連續兩年參加九校戰，十師族一条家的下任當家。已經正式向深雪求婚。
劉麗蕾
成為大亞聯盟戰略級魔法「霹靂塔」繼承人的十四歲少女。現在滯留日本，和一条家接觸。

「達也大人，不可以花心喔。」
司波深雪
達也的妹妹。就讀第一高中三年A班。擔任學生會會長的優等生。擅長冷卻魔法。是溺愛哥哥的「重度戀兄情結」。

魔法科高中的劣等生 30

The irregular at magic high school

奪還篇

背負某項缺陷的劣等生哥哥。
一切完美無瑕的優等生妹妹。
這對兄妹就讀魔法科高中之後，

風波不斷的每一天就此揭開序幕——

佐島 勤
Tsutomu Sato
illustration
石田可奈
Kana Ishida

Kadokawa Fantastic Novels

Character
登場角色介紹

司波達也

就讀於三年E班。達觀一切。
妹妹深雪的「守護者」。

司波深雪

就讀於三年A班，達也的妹妹。
前年以首席成績入學的優等生。
擅長冷卻魔法。溺愛哥哥。

西城雷歐赫特

就讀於三年F班，達也的朋友。
二科生。擅長硬化魔法。
個性開朗。

千葉艾莉卡

就讀於三年F班，達也的朋友。
二科生。
可愛的闖禍大王。

柴田美月

就讀於三年E班，達也的朋友。
罹患靈子放射光過敏症。
有點少根筋的認真少女。

吉田幹比古

就讀於三年B班，出自古式魔法名門。
從小就認識艾莉卡。

光井穗香

就讀於三年A班，深雪的同班同學。
擅長光波振動系魔法。
一旦擅自認定後就頗為一意孤行。

北山 雫

就讀於三年A班，深雪的同班同學。
擅長振動與加速系魔法。
情緒起伏鮮少展露於言表。

里美 昴

就讀於三年D班。
宛如美少年的少女。
個性開朗隨和。

英美・艾米莉雅・格爾迪・明智

就讀於三年B班，隔代混血兒。
平常被稱為「艾咪」。
名門格爾迪家的子女。

櫻小路紅葉

三年B班，昴與艾咪的朋友。
便服是哥德蘿莉風格。
喜歡主題樂園。

森崎 駿

三年A班，深雪的
同班同學。擅長高速操作CAD。
身為一科生的自尊強烈。

十三束 鋼

就讀於三年E班。別名「Range Zero」（射程距離零）。
「魔法格鬥武術」的高手。

七草真由美

畢業生。現在是魔法大學學生。
擁有令異性著迷的
小惡魔個性，
不擅長應付他人攻勢。

中条 梓

畢業生。曾任學生會會長。
生性膽小，
個性畏首畏尾。

市原鈴音

畢業生。現在是魔法大學學生。
冷靜沉著的智慧型人物。

服部刑部少丞範藏

畢業生。前社團聯盟總長。
雖然優秀，卻有著
過於正經的一面。

渡邊摩利

畢業生。真由美的好友。
各方面傾向好戰。

十文字克人

畢業生。
現在升學至魔法大學。
達也形容為「如同巨巖的人物」。

辰巳鋼太郎

畢業生。曾任風紀委員。
個性豪爽。

關本 勳

畢業生。曾任風紀委員。
論文競賽校內審查第二名。
犯下間諜行為。

澤木 碧

畢業生。曾任風紀委員。
對女性化的名字
耿耿於懷。

桐原武明

畢業生。關東劍術大賽
國中組冠軍。

五十里 啟

畢業生。曾任學生會會計。
魔法理論成績優秀。
千代田花音的未婚夫。

壬生紗耶香

畢業生。劍道大賽
國中女子組全國亞軍。

千代田花音

畢業生。
曾任風紀委員長。
和學姊摩利一樣好戰。

七草香澄

二年級。七草真由美的妹妹。
泉美的雙胞胎姊姊。
個性活潑開朗。

七寶琢磨

二年級。有力的魔法師家系
並且新加入十師族的
「七寶家」的長子。

七草泉美

二年級。七草真由美的妹妹。
香澄的雙胞胎妹妹。
個性成熟穩重。

櫻井水波

二年級。
立場是達也與深雪的表妹。
深雪的守護者候選人。

隅守賢人

二年級。白種人少年。
父母從USNA歸化日本。

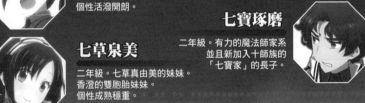

安宿怜美

第一高中保健醫生。
穩重溫柔的笑容
大受男學生歡迎。

廿樂計夫

第一高中教師。
擅長魔法幾何學。
論文競賽的負責人。

珍妮佛・史密斯

歸化日本的白種人。達也的班級
與魔法工學課程的指導教師。

千倉朝子

畢業生。九校戰新項目
「堅盾對壘」的女子單人賽選手。

五十嵐亞實

畢業生。曾任兩項競賽社社長。

五十嵐鷹輔

三年級。亞實的弟弟。個性有些懦弱。

三七上凱利

畢業生。九校戰「祕碑解碼」
正規賽的男生選手。

國東久美子

畢業生，在九校戰競賽項目
「操舵射擊」和艾咪搭檔的選手。
個性相當平易近人。

平河小春

畢業生。以工程師身分
參加九校戰。
主動放棄參加論文競賽。

平河千秋

三年級。
敵視達也。

三矢詩奈

第一高中的「新生」。
由於聽覺過於敏銳，
所以總是戴著耳罩。

矢車侍郎

詩奈的青梅竹馬。
自稱是「護衛」。

小野 遙

第一高中的
綜合輔導老師。
生性容易被欺負，
卻有不為人知的另一面。

九重八雲

擅長古式魔法「忍術」。
達也的體術師父。

一条剛毅

將輝的父親。
十師族一条家現任當家。

一条將輝

第三高中的三年級學生。
「十師族」一条家的
下任當家。

一条美登里

將輝的母親。
個性溫和，
廚藝高明。

吉祥寺真紅郎

第三高中的三年級學生。
以「始源喬治」的
別名眾所皆知。

一条 茜

一条家長女。將輝的妹妹。
國中二年級學生。
心儀真紅郎。

黑羽 貢

司波深夜、
四葉真夜的表弟。
亞夜子、文彌的父親。

一条瑠璃

一条家次女。將輝的妹妹。
我行我素，行事可靠。

黑羽亞夜子

達也與深雪的遠房表妹。
和弟弟文彌是雙胞胎。
第四高中的學生。

北山 潮

雫的父親。企業界的大人物。
商業假名是北方潮。

黑羽文彌

曾是四葉下任當家候選人。
達也與深雪的遠房表弟。
和姊姊亞夜子是雙胞胎。
第四高中的學生。

北山紅音

雫的母親。曾以振動系魔法
聞名的A級魔法師。

吉見

四葉的魔法師，黑羽家的親戚。
超能力者，可讀取人體所殘留的
想子情報體痕跡。極度的祕密主義。

北山 航

雫的弟弟。國中一年級。
非常仰慕姊姊。
目標是成為魔工技師。

鳴瀨晴海

雫的表哥。國立魔法大學附設第四高中的學生。

牛山

FLT的CAD開發第三課主任。
受到達也的信任。

千葉壽和

千葉艾莉卡的大哥。已故。
警察省國家公務員。

恩斯特·羅瑟

首屈一指的CAD製作公司
羅瑟魔工所
日本分公司社長。

千葉修次

千葉艾莉卡的二哥。摩利的男友。
具備千刃流劍術免許皆傳資格。
別名「千葉的麒麟兒」。

九島 烈

被譽為世界最強
魔法師之一的人物。
眾人尊稱為「宗師」。

稻垣

已故。生前是
警察省的巡查部長，
千葉壽和的部下。

九島真言

日本魔法界長老——
九島烈的兒子，
九島家現任當家。

小和村真紀

實力足以在著名電影獎
入圍最佳女主角的女星。
不只是美貌，演技也得到認同。

九島光宣

真言的兒子。雖是國立魔法大
學附設第二高中的二年級學生，
但因為經常生病幾乎沒上學。
和藤林響子是異父同母的姊弟。

琵庫希

魔法科高中擁有的
家事輔助機器人。
正式名稱是3H
（Humanoid Home Helper：
人型家事輔助機械）P94型。

九鬼 鎮

服從九島家的師補十八家之一。
尊稱九島烈為「老師」。

陳祥山

大亞聯軍
特殊作戰部隊隊長。
心狠手辣。

呂剛虎

大亞聯軍特殊作戰部隊的
王牌魔法師。
別名「食人虎」。

周公瑾

安排大亞聯盟的呂與陳
來到橫濱的俊美青年。
在中華街活動的神祕人物。

鈴

森崎拯救的少女。
全名是「孫美鈴」。
香港國際犯罪組織
「無頭龍」的新領袖。

布萊德利・張

逃離大亞聯盟的軍人。
階級是中尉。

丹尼爾・劉

和張一樣是大亞聯盟的逃兵。
也是沖繩祕密破壞行動的主謀。

檜垣喬瑟夫

昔日大亞聯盟親侵略沖繩時，
和達也並肩作戰的魔法師軍人。
別名「遺族血統」的
前沖繩駐留美軍遺孤的子孫。

風間玄信

陸軍101旅
獨立魔裝大隊隊長。
階級為中校。

真田繁留

陸軍101旅
獨立魔裝大隊幹部。
階級為少校。

藤林響子

擔任風間副官的
女性軍官。階級為中尉。

佐伯廣海

國防陸軍101旅旅長。階級為少將。
獨立魔裝大隊隊長風間玄信的長官。
外貌使她別名「銀狐」。

柳 連

陸軍101旅
獨立魔裝大隊幹部。
階級為少校。

山中幸典

陸軍101旅獨立魔裝大隊幹部。
少校軍醫，一級治癒魔法師。

酒井

國防陸軍總司令部軍官，階級為上校。
被視為反大亞聯盟的強硬派。

新發田勝成

曾是四葉家下任當家
候選人之一。防衛省職員。
第五高中校友。
擅長聚合系魔法。

四葉真夜

達也與深雪的姨母。
深夜的雙胞胎妹妹。
四葉家現任當家。

堤 琴鳴

新發田勝成的守護者。
調整體「樂師系列」第二代。
適合使用關於聲音的魔法。

葉山

服侍真夜的
高齡管家。

堤 奏太

新發田勝成的守護者。
調整體「樂師系列」
第二代。琴鳴的弟弟，
和她一樣適合使用
關於聲音的魔法。

司波深夜

達也與深雪的母親。已故。
唯一擅長精神構造干涉魔法的
魔法師。

花菱兵庫

服侍四葉家的
青年管家。
順位第二名之
花菱管家的兒子。

櫻井穗波

深夜的「守護者」。已故。
接受基因操作，強化魔法天分
而成的調整體魔法師
「櫻」系列第一代。

司波小百合

達也與深雪的繼母。
厭惡兩人。

津久葉夕歌

曾是四葉家
下任當家候選人之一。
曾任第一高中學生會副會長。
擅長精神干涉系魔法。

安潔莉娜・庫都・希爾茲

USNA魔法師部隊「STARS」的總隊長。階級是少校。暱稱是莉娜。
也是戰略級魔法師「十三使徒」之一。

瓦吉妮雅・巴藍斯

USNA統合參謀總部情報部內部監察局第一副局長。
階級是上校。來到日本支援莉娜。

希兒薇雅・瑪裘利・法斯特

USNA魔法師部隊「STARS」的行星級魔法師。階級是准尉。
暱稱是希兒薇，姓氏來自軍用代號「第一水星」。
在日本執行作戰時，擔任希利鄔斯少校的輔佐。

班哲明・卡諾普斯

USNA魔法師部隊「STARS」的第二把交椅。
階級是少校。希利鄔斯少校不在時的
代理總隊長。

米卡艾拉・弘格

USNA派到日本的間諜
（正職是國防總署的魔法研究人員）。
暱稱是米亞。

克蕾雅

獵人Q——沒能成為「STARS」的
魔法師部隊「STARDUST」的女兵。
Q意味著追蹤部隊的第17順位。

亞弗列德・佛瑪浩特

USNA魔法師部隊「STARS」的一等星魔法師。
階級是中尉。暱稱是弗列迪。
逃離STARS。

瑞琪兒

獵人R——沒能成為「STARS」的
魔法師部隊「STARDUST」的女兵。
R意味著追蹤部隊的第18順位。

查爾斯・沙立文

USNA魔法師部隊「STARS」的衛星級魔法師。
別名「第二魔星」。
逃離STARS。

神田

民權黨的年輕政治家。
對於國防軍採取批判態度的人權派。
也是反魔法主義者。

雷蒙德・S・克拉克

雫留學的USNA柏克萊某高中同學。
是名動不動就主動
和雫示好的白人少年。
真實身分是「七賢人」之一。

上野

以東京為地盤的
執政黨年輕政治家。
眾所皆知親近魔法師的議員。

近江圓磨

熟悉「反魂術」的魔法研究家，
別名「傀儡師」的古式魔法師。
據說可以使用禁忌的魔法
將屍體化為傀儡。

顧傑

「七賢人」之一。
別名紀德．黑顧，
大漢軍方術士部隊的倖存者。

喬．杜

協助黑顧逃走的神祕男性。能力出色，即使是
要躲避十師族魔法師們追捕的
困難工作也能俐落完成。

詹姆士．傑克森

從澳大利亞來到
日本沖繩的觀光客。
不過他的真實身分是——

卡拉．施米特

德意志聯邦的戰略級魔法師。
在柏林大學設立研究所的教授。

賈絲敏．傑克森

詹姆士的女兒。
雖然年僅十二歲，
卻是非常穩重，
應對進退相當成熟的少女。

伊果．安德烈維齊．貝佐布拉佐夫

新蘇維埃聯邦的戰略級魔法師。
科學協會魔法研究領域的
第一把交椅。

威廉．馬克羅德

英國的戰略級魔法師。
在國外數間知名大學
擁有教授資格的才子。

艾德華．克拉克

USNA國家科學局（NSA）所屬的技術學者。
「至高王座」的管理者。

劉麗蕾

繼承大亞聯盟戰略級魔法
「霹靂塔」的少女。
據說是劉雲德的孫女。

七草弘一

真由美的父親。
七草家當家。
也是超一流的魔法師。

二木舞衣

十師族「二木家」當家。
住在兵庫縣蘆屋。
表面職業是
數間化學工業、
食品工業公司的大股東。
負責監護阪神
與中國地區。

名倉三郎

受僱於七草家的強力魔法師。
已故。主要擔任真由美的貼身護衛。

三矢 元

十師族「三矢家」當家。住在神奈川縣厚木。
表面職業（不太確定是否能這麼形容）
是跨國的小型兵器掮客。
負責運用至今依然在運作的第三研。

五輪勇海

十師族「五輪家」當家。住在愛媛縣宇和島。
表面職業是海運公司的高層，
實質上的老闆。
負責監護四國地區。

六塚溫子

十師族「六塚家」當家。住在宮城縣仙台。
表面職業是地熱發電所挖掘公司的實質老闆。
負責監護東北地區。

八代雷藏

十師族「八代家」當家。住在福岡縣。
表面職業是大學講師以及數間通訊公司的大股東。
負責監護沖繩以外的
九州地區。

十文字和樹

十師族「十文字家」當家。住在東京都。
表面職業是做國防軍生意的
土木建設公司老闆。
和七草家一起負責監護
包含伊豆的關東地區。

東道青波

八雲稱他為「青波高僧閣下」。
如同僧侶般剃髮的老翁，
但真實身分不明。
依照八雲的說法是
四葉家的贊助者。

遠山（十山）司

輔佐十師族的
師補十八家「十山家」的魔法師。
存在目的不是保護國民，
而是保護國家機能。

部分插圖協助／魔法科高中製作委員會

Glossary
用語解說

魔法科高中
國立魔法大學附設高中的通稱，全國總共設立九所學校。
其中的第一至第三高中，每學年招收兩百名學生，
並且分為一科生與二科生。

花冠、雜草
第一高中用來形容一科生與二科生階級差異的隱語。
一科生制服的左胸口繡著以八枚花瓣組成的徽章，
不過二科生制服沒有。

一科生的徽章

CAD
簡化魔法發動程序的裝置，
內部儲存使用魔法所需的程式。
分成特化型與泛用型，外型也是各有不同。

司波達也的CAD

Four Leaves Technology〔FLT〕
國內一家CAD製造公司。
原本該公司製造的魔法工學零件比成品有名，
但在開發「銀式」之後，
搖身一變成為知名的CAD製造公司。

托拉斯・西爾弗
短短一年就讓特化型CAD的軟體技術進步十年，
而為人所稱頌的天才技師。

司波深雪的CAD

Eidos〔個別情報體〕
原為希臘哲學用語。在現代魔法學，個別情報體指的是
「伴隨事物現象而來的情報」，是「事象」曾經存在於
「世界」的記錄，也可以說是「事象」留在「世界」的足跡。
依照現代魔法學的定義，「魔法」就是修改個別情報體，
藉以改寫個別情報體所代表的「事象」的技術。

Idea〔情報體次元〕
原為希臘哲學用語。在現代魔法學，情報體次元指的是「用來記錄個別情報體的平台」。
魔法的原始形態，就是將魔法式輸入這個名為「情報體次元」的平台，
改寫平台裡「個別情報體」的技術。

啟動式
為魔法的設計圖，用來構築魔法的程式。
啟動式的資料檔案，是以壓縮形式儲存在CAD，魔法師輸入想子波展開程式之後，
啟動式會依照資料內容轉換為訊號，並且回傳給魔法師。

想子
位於靈異現象次元的非物質粒子，記錄認知與思考結果的情報元素。
成為現代魔法理論基礎的「個別情報體」，成為現代魔法骨幹的「啟動式」和
「魔法式」技術，都是由想子建構而成。

靈子
位於靈異現象次元的非物質粒子。雖然已經確認其存在，但是形態與功能尚未解析成功。
一般的魔法師，頂多只能「感覺到」活化狀態的靈子。

魔法師
「魔法技能師」的簡稱。能將魔法施展到實用等級的人，統稱為魔法技能師。

魔法式
用來暫時改變伴隨事物現象而來的情報之情報體。由魔法師持有的想子構築而成。

魔法演算領域

構築魔法式的精神領域，也就是魔法資質的主體。該處位於魔法師的潛意識領域，魔法師平常可以意識到魔法演算領域並且使用，卻無法意識到內部的處理過程。對魔法師本人來說，魔法演算領域也堪稱是個黑盒子。

魔法式的輸出程序

❶從CAD接收啟動式，這個步驟稱為「讀取啟動式」。
❷在啟動式加入變數，送入魔法演算領域。
❸依照啟動式與變數構築魔法式。
❹將構築完成的魔法式，傳送到潛意識領域最上層暨意識領域最底層的「基幹」，從意識與潛意識之間的「閘門」輸出到情報體次元。
❺輸出到情報體次元的魔法式，會干涉指定座標的個別情報體進行改寫。

「實用等級」魔法師的標準，是在施展單一系統暨單一工序的魔法時，於半秒內完成這些程序。

魔法的評價基準（魔法力）

構築想子情報體的速度是魔法的處理能力、
構築情報體的規模上限是魔法的容納能力、
魔法式改寫個別情報體的強度是魔法的干涉能力，
這三項能力總稱為魔法力。

始源碼假說

主張「加速、加重、移動、振動、聚合、發散、吸收、釋放」四大系統八大種類的魔法，各自擁有正向與負向共計十六種基礎魔法式，以這十六種魔法式搭配組合，就能構築所有系統魔法的理論。

系統魔法

歸類為四大系統八大種類的魔法。

系統外魔法

並非操作物質現象，而是操作精神現象的魔法統稱。
從使喚靈異存在的神靈魔法、精靈魔法，或是讀心、靈魂出竅、意識操控等，包括的種類琳琅滿目。

十師族

日本最強的魔法師集團。一条、一之倉、一色、二木、二階堂、二瓶、三矢、三日月、四葉、五輪、五頭、五味、六塚、六角、六鄉、六本木、七草、七寶、七夕、七瀨、八代、八朔、八幡、九島、九鬼、九頭見、十文字、十山共二十八個家系，每四年召開一次「十師族甄選會議」，選出的十個家系就稱為「十師族」。

含數家系

如同「十師族」的姓氏有一到十的數字，「百家」之中的主流家系姓氏也有十一以上的數字，例如「『千』代田」、「『五十』里」、「『千』葉」家。
數字大小不代表實力強弱，但姓氏有數字就代表血統純正，可以作為推測魔法師實力的依據之一。

失數家系

亦被簡稱「失數」，是「數字」遭受剝奪的魔法師族群。
昔日魔法師被視為兵器暨實驗樣本的時候，評定為「成功案例」得到數字姓氏的魔法師，要是沒有立下「成功案例」應有的成績，就得接受這樣的烙印。

各式各樣的魔法

● 悲嘆冥河
凍結精神的系統外魔法。凍結的精神無法命令肉體死亡，
中了這個魔法的對象，肉體將會隨著精神的「靜止」而停止、僵硬。
依照觀測，精神與肉體的相互作用，也可能導致部分肉體結晶化。

● 地鳴
以獨立情報體「精靈」為媒介振動地面的古式魔法。

● 術式解散
把建構魔法的魔法式，分解為構造無意義的想子粒子群的魔法。
魔法式作用於伴隨事象而來的情報體，基於這種性質，魔法式的情報結構一定會曝光，無法防止外力進行干涉。

● 術式解體
將想子粒子群壓縮成塊，不經由情報體次元直接射向目標物引爆，摧毀目標物的啟動式或魔法式這種紀錄魔法的想子情報體，屬於無系統魔法。
即使歸類為魔法，但只是一種想子砲彈，結構不包含改變事象的魔法式，因此不受情報強化或領域干涉的影響。此外，砲彈本身的壓力也足以反彈演算干擾的影響。由於完全沒有物理作用力，任何障礙物都無法防堵。

● 地雷原
泥土、岩石、砂子、水泥，不拘任何材質，
總之只要是具備「地面」概念的固體，就能施以強力振動的魔法。

● 地裂
由獨立情報體「精靈」為媒介，以線形壓潰地面，
使地面乍看之下彷彿裂開的魔法。

● 乾冰雹暴
聚集空氣中的二氧化碳製作成乾冰粒，
將凍結過程剩餘的熱能轉換為動能，高速射出乾冰粒的魔法。

● 迅襲雷蛇
在「乾冰雹暴」製造乾冰顆粒時，凝結乾冰氣化產生的水蒸氣，
溶入二氧化碳氣體使其形成高導電霧，再以振動系與釋放系魔法產生摩擦靜電。以溶入碳酸的水霧或水滴為導線，朝對方施展電擊的組合魔法。

● 冰霧神域
振動減速系廣域魔法。冷卻大容積的空氣並操縱其移動，
造成廣範圍的凍結效果。
簡單來說，就像是製造超大冰箱一樣。
發動時產生的白霧，是在空中凍結的冰或乾冰。
但要是提升層級，有時也會混入凝結為液態氮的霧。

● 爆裂
將目標物內部液體氣化的發散系魔法。
如果是生物就是體液氣化導致身體破裂，
如果是以內燃機為動力的機械就是燃料氣化爆炸。
燃料電池也不例外。即使沒有搭載可燃的燃料，無論是電池液、油壓液、冷卻液或潤滑液，世間沒有機械不搭載任何液體，因此只要「爆裂」發動，幾乎所有機械都會毀損而停止運作。

● 亂髮
不是指定角度改變風向，而是為了造成「絆腳」的含糊結果操作氣流，以極接近地面的氣流促使草葉纏住對方雙腳的古式魔法。只能在草長得夠高的原野使用。

魔法劍

使用魔法的戰鬥方式，除了以魔法本身為武器作戰，還有以魔法強化、操作武器的技術。
以魔法配合槍、弓箭等射擊武器的術式為主流，不過在日本，劍技與魔法組合而成的「劍術」也很發達。
現代魔法與古式魔法兩種領域，都開發出堪稱「魔法劍」的專用魔法。

1.高頻刃

高速振動刀身，接觸物體時傳導超越分子結合力的振動，將固體局部液化之後斬斷的魔法。和防止刀身自我毀壞的術式配套使用。

2.壓斬

使劍尖朝揮砍方向的水平兩側產生排斥力，將劍刃接觸的物體像是左右推壓般割斷的魔法。排斥力場細得未滿一公釐，強度卻足以影響光波，因此從正面看劍尖是一條黑線。

3.童子斬

被視為源氏祕劍而相傳至今的古式魔法。遙控兩把刀再加上手上的刀，以三把刀包圍對手並同時砍下的魔法劍技。以同音的「童子斬」隱藏原本「同時斬」的意義。

4.斬鐵

千葉一門的祕劍。不是將刀視為鋼塊或鐵塊，而是定義為「刀」這種單一概念，依循魔法式所設定的刀路而動的移動系統魔法。被定義為單一概念的「刀」如同單分子結晶之刃，不會折斷、彎曲或缺角，將會沿著刀路劈開所有物體。

5.迅雷斬鐵

以專用武裝演算裝置「雷丸」施展的「斬鐵」進化型。將刀與劍士定義為單一集合概念，因此從接觸敵人到出招的一連串動作，都能毫無誤差地高速執行。

6.山怒濤

以全長一八〇公分的大型專用武器「大蛇丸」所施展的千葉一門的祕劍。將己身與刀的慣性減低到極限並高速接近對手，在交鋒瞬間將至今消除的慣性疊加，提升刀身慣性後砍向對方。這股偽造的慣性質量和助跑距離成正比，最高可達十噸。

7.薄翼蜻蜓

將奈米碳管編織為厚度十億分之五公尺的極致薄膜，再以硬化魔法固定為全平面而化為刀刃的魔法。薄翼蜻蜓製成的刀身比任何刀劍或剃刀都要銳利，但術式不支援揮刀動作，因此術士必須具備足夠的刀劍造詣與臂力。

魔法技能師開發研究所

西元二〇三〇年代，日本政府因應第三次世界大戰當前而緊張化的國際情勢，接連設立開發魔法師的研究所。研究目的不是開發魔法，始終是開發魔法師，為了製造出最適合使用所需魔法的魔法師，基因改造也在研究範圍。

魔法技能師開發研究所設立了第一至第十共十所，至今依然有五所運作中。

各研究所的細節如下所述：

魔法技能師開發第一研究所

二〇三一年設立於金澤市，現在已關閉。

開發主題是進行對人戰鬥時直接干涉生物體的魔法。氣化魔法「爆裂」是衍生形態之一。不過，操作人體動作的魔法可能會引發傀儡攻擊（操作他人進行的自殺式恐怖攻擊），因此禁止研發。

魔法技能師開發第二研究所

二〇三一年設立於淡路島，運作中。

和第一研的主題成對，開發的魔法是干涉無機物的魔法。尤其是關於氧化還原反應的吸收系魔法。

魔法技能師開發第三研究所

二〇三二年設立於厚木市，運作中。

目的是開發出能獨力應付各種狀況的魔法師，致力於多重演算的研究。尤其竭力實驗測試可以同時發動、連續發動的魔法數量極限，開發可以同時發動複數魔法的魔法師。

魔法技能師開發第四研究所

詳情不明，推測位於前東京都與前山梨縣的界線附近，設立時間則估計是二〇三三年。現在宣稱已經關閉，而實際狀況也不明。只有前第四研不是由政府，是對國家具備強大影響力的贊助者設立。傳聞現在該研究所從國家獨立出來，接受贊助者的支援繼續運作，也傳聞該贊助者實際上從二〇二〇年代之前就經營著該研究所。

據說其研究目標是試圖利用精神干涉魔法，強化「魔法」這種特異能力的源泉，也就是魔法師潛意識領域的魔法演算領域。

魔法技能師開發第五研究所

二〇三五年設立於四國的宇和島市，運作中。

研究的是干涉物質形狀的魔法。主流研究是技術難度較低的流體控制，但也成功研究出干涉固體形狀的魔法。其成果就是和USNA共同開發的「巴哈姆特」。加上流體干涉魔法「深淵」，該研究所開發出兩個戰略級魔法，是國際聞名的魔法研究機構。

魔法技能師開發第六研究所

二〇三五年設立於仙台市，運作中。

研究如何以魔法控制熱量。和第八研同樣偏向是基礎研究機構，相對的缺乏軍事色彩。不過除了第四研，據說在魔法技能師開發研究所之中，第六研進行基因改造實驗的次數最多（第四研實際狀況不明）。

魔法技能師開發第七研究所

二〇三六年設立於東京，現在已關閉。

主要開發反集團戰鬥用的魔法，群體控制魔法為其成果。第六研的軍事色彩不強，促使第七研成為兼任戰時首都防衛工作的魔法師開發研究設施。

魔法技能師開發第八研究所

二〇三七年設立於北九州市，運作中。

研究如何以魔法操作重力、電磁力與各種強弱不同的交互作用力。基礎研究機構的色彩比第六研更濃厚，但是和國防軍關係密切，這一點和第六研不同。部分原因在於第八研的研究內容很容易連結到核武開發，在國防軍的保證之下，才免於被質疑暗中開發核武。

魔法技能師開發第九研究所

二〇三七年設立於奈良市，現在已關閉。

研究如何將現代魔法與古式魔法融合，試圖藉由讓現代魔法吸收古式魔法的相關知識，解決現代魔法不擅長的各種課題（例如模糊不明確的術式操作）。

魔法技能師開發第十研究所

二〇三九年設立於東京，現在已關閉。

和第七研同樣兼具防衛首都的目的，研究如何在空間產生虛擬結構物的領域魔法，作為遭遇高火力攻擊的防禦手段。各式各樣的反物理護壁魔法為其成果。

此外，第十研試圖使用不同於第四研的手段激發魔法能力。具體來說，他們致力開發的魔法師並非強化魔法演算領域本身，而是能讓魔法演算領域暫時超頻，因應需求使用強力的魔法。但是成功與否並未公開。

除了上述十間研究所，開發元素家系的研究所從二〇一〇年代運作到二〇二〇年代，但現今全部關閉。此外，國防軍在二〇〇二年設立直屬於陸軍總司令部的秘密研究機構，至今依然獨自進行研究。九島烈加入第九研之前，都在這個研究機構接受強化處置。

戰略級魔法師——十三使徒

現代魔法是在高度科技之中培育而成，因此能開發強力軍事魔法的國家有限，導致只有少數國家能開發匹敵大規模破壞兵器的戰略級魔法。

不過，開發成功的魔法會提供給同盟國，高度適合使用戰略級魔法的同盟國魔法師，也可能被認證為戰略級魔法師。

在2095年4月，各國認定適合使用戰略級魔法，並且對外公開身分的魔法師共十三名。他們被稱為「十三使徒」，公認是世界軍事平衡的重要因素。

十三使徒的國籍、姓名與戰略級魔法名稱如下所述：

USNA
安吉・希利鄔斯：「重金屬爆散」
艾里歐特・米勒：「利維坦」
羅蘭・巴特：「利維坦」
※其中只有安吉・希利鄔斯任職於STARS。艾里歐特・米勒位於阿拉斯加基地，羅蘭・巴特位於國外的直布羅陀基地，兩人基本上不會出動。

新蘇維埃聯邦
伊果・安德烈維齊・貝佐布拉佐夫：
「水霧炸彈」
列昂尼德・肯德拉切科：
「大地紅軍」
※肯德拉切科年事已高，基本上不會離開黑海基地。

大亞細亞聯盟
劉雲德：「霹靂塔」
※劉雲德已於2095年10月31日的對日戰鬥中戰死。

印度、波斯聯邦
巴拉特・錢德勒・坎恩：
「神焰沉爆」

日本
五輪 澪：「深淵」

巴西
米吉爾・迪亞斯：「同步線性融合」
※魔法式為USNA提供。

英國
威廉・馬克羅德：「臭氧循環」

德國
卡拉・施米特：「臭氧循環」
※臭氧循環的原型，是分裂前的歐盟因應臭氧層破洞而共同研發的魔法。後來由英國完成，依照協定向前歐盟各國公開魔法式。

土耳其
阿里・夏亨：「巴哈姆特」
※魔法式為USNA與日本所共同開發完成，由日本主導提供。

泰國
梭姆・查伊・班納克：「神焰沉爆」
※魔法式為印度、波斯聯邦提供。

STARS簡介

USNA軍統合參謀總部直屬魔法師部隊。共有十二部隊，
隊員依照星星的亮度分成不同階級。
部隊長各自獲頒一等星的稱號。

●STARS的組織體系

- 國防部參謀總部
  - STARS基地司令
    - STARS總隊長
      - 第一隊
      - 第二隊
      - 第三隊
      - 第四隊
      - 第五隊
      - 第六隊
      - 第七隊
      - 第八隊
      - 第九隊
      - 第十隊
      - 第十一隊
      - 第十二隊
    - PLANET STAFF
  - STARS總隊長
  - PLANET STAFF
  - STARDUST

1. 各部隊地位沒有高低之別。
2. 指揮權集中在總隊長，但實際上經常由基地司令下令。
3. 各隊隊長底下配屬恆星級、星座級、行星級、衛星級的隊員。總隊長沒有直屬部下。
4. 「PLANET STAFF」是以行星級成員組成的支援部隊。有時候不會動用恆星級隊員，只派出PLANET STAFF。
   希兒薇雅隸屬於PLANET STAFF。
5. STARDUST分發的基地不同。

企圖暗殺總隊長安吉・希利鄔斯的隊員們

●亞歷山大・艾克圖魯斯
第三隊隊長。上尉。繼承相當純正的北美大陸原住民血統。
和雷谷魯斯並列為本次叛亂的主嫌。

●雅各・雷谷魯斯
第三隊一等星級隊員。中尉。擅長使用近似步槍的武裝演算裝置發射
高能量紅外線雷射彈「雷射狙擊」。

●夏綠蒂・貝格
第四隊隊長。上尉。比莉娜大十歲以上，卻因為階級不如莉娜而心懷不滿。
和莉娜相處得不太好。

●佐伊・斯琵卡
第四隊一等星級隊員。中尉。東洋血統的女性。使用的是投擲尖細力場的「分子切割投擲槍」，
堪稱「分子切割」的改編版。

●蕾拉・迪尼布
第四隊一等星級隊員。少尉。北歐血統的高䠷窈窕女性。
擅長短刀搭配手槍的複合攻擊。

司波達也的新裝備「解放裝甲」

四葉家開發的飛行裝甲服。和國防軍開發的「可動裝甲」相比，不具備動力輔助功能，資料連結功能也比較差，但是防禦性能提升到同級以上。

隱形與飛行性能優秀，司波達也表示「甚至可以說比可動裝甲更適合用於追蹤」。

寄生物（吸血鬼）

源自精神的情報生命體。

據說原本是在異次元形成，推測是在進行微型黑洞製造與蒸發實驗時撼動次元之牆，因而出現在這個世界。

寄生物群沒有所謂的指揮官，具備獨立思考能力卻共享意識。寄生物可以相互通訊，也能在某種程度的範圍掌握同伴的位置採取行動。

二〇九五年冬季，司波達也等人一度遭遇這種寄生物，並且成功擊退。

當初該事件發生時，犧牲者沒有明顯外傷，體內卻失去大量血液，因此別名為「吸血鬼」。

「幽體消散」

這是和寄生物交手屢次陷入苦戰的達也終於開發的新魔法。可以將靈子情報體徹底逐出這個世界。

至今達也使用的是將情報體封入想子球體的無系統魔法「封玉」，該魔法的效果是暫時性的，須由精神干涉系魔法天分卓越的其他魔法師進行追加的封印處置。

不過，達也和艾克圖魯斯交戰時得知，精神體（靈子情報體）為了存在於這個世界，必須以想子情報體為媒介連結到世界。觀測精神體活動伴隨的情報變化，逆向掌握到被運用為連接媒介的想子情報體加以破壞，就能將精神體完全從這個世界切離。

達也所創造的這個魔法，就是靈子情報體支持構造分解魔法「幽體消散」。

The International Situation

2096年現在的世界情勢

以全球寒冷化為直接契機的第三次世界大戰——二十年世界連續戰爭大幅改寫了世界地圖。世界現狀如下所述：

USA合併加拿大以及墨西哥到巴拿馬等各國，組成北美利堅大陸合眾國（USNA）。

俄羅斯再度吸收烏克蘭與白俄羅斯，組成新蘇維埃聯邦（新蘇聯）。

中國征服緬甸北部、越南北部、寮國北部以及朝鮮半島，組成大亞細亞聯盟（大亞聯盟）。

印度與伊朗併吞中亞各國（土庫曼、烏茲別克、塔吉克、阿富汗）以及南亞各國（巴基斯坦、尼泊爾、不丹、孟加拉、斯里蘭卡），組成印度、波斯聯邦。

亞洲阿拉伯其餘國家，分區締結軍事同盟，對抗新蘇聯、大亞聯盟以及印度、波斯聯邦三大國。

澳洲選擇實質鎖國。

歐洲整合失敗，以德國與法國為界分裂為東西兩側。東歐與西歐也沒能各自整合為單一國家，團結力甚至不如戰前。

非洲各國半數完全消滅，倖存的國家也只能勉強維持都市周邊的統治權。

南美除了巴西，都處於地方政府各自為政的小國分立狀態。

The irregular at magic high school

[1]

七月十三日，星期六的清晨。具體來說是上午七點的十分鐘前。

「去探望穗香之前，妳會先回家一趟對吧？」

深雪要前往一高上學時，達也以一如往常的表情與一如往常的聲音詢問。

「是的，照這個預定進行。」

深雪以莉娜的魔法「扮裝行列」變身為亮棕色頭髮與淡褐色眼睛的另一個人。她以不同於往常的聲音與一如往常的語氣回答。

昨天，七月十二日，將美軍寄生物拉攏為自己人的光宣，以海路將水波帶往國外。達也的追蹤以失敗收場。

但是達也與深雪都沒被失意擊垮。

「達也你也會去吧？」

只有頭髮與眼睛色彩不同，長相和深雪一模一樣的莉娜，在深雪身旁詢問達也——莉娜是參考自己的長相讓深雪變身，考慮到這段原委，應該形容為現在的深雪除了髮色與眼睛顏色之外，長相和莉娜如出一轍。

莉娜也知道達也沒有成功搶回水波。

但她看起來沒擔心達也。

不是因為她認為達也不在意昨天的失敗。

莉娜明白達也與深雪精神上都受到不小的打擊。

但是——達也與深雪都沒放棄。

莉娜也知道這一點，所以沒擔心兩人。

「我是這麼打算的。可以請莉娜也一起去嗎？」

「當然。因為穗香是朋友啊！」

——既然達也與深雪表現得一如往常，我也要維持平常的態度。

莉娜是這麼想的。

◇◇◇

深雪以莉娜的魔法取得別人的外型，是為了躲避媒體的採訪攻勢。

七月八日，本週的星期一。沿著日本海南下的新蘇聯艦隊，被一条將輝以新的戰略級魔法

「海爆」擊退。

這個事件本身是達也布的局，也按照他的計算進行。但是媒體聚集在新英雄身旁時，吉祥寺真紅郎對媒體說出的話語，大幅攪亂達也的計畫。

吉祥寺老實對記者說出達也的名字，提到達也是「海爆」的共同研發者。拜此所賜，不只是達也，連深雪也陷入差點遭受採訪攻勢的事態。

幸好達也與深雪都還不至於被記者與攝影師包圍。

達也與深雪搬到調布大樓的這件事也瞞著校方。在學校的記錄裡，兩人的住處依然是父親司波龍郎名下位於府中的獨棟住家。媒體現在是大陣仗集結在該處。

但是沒能在住處訪問到兩人的記者，肯定埋伏在第一高中的通學路上，這是很容易想像得到的結果，實際上也是如此。達也預見這一點，委託莉娜以「扮裝行列」將深雪的外型改變為另一個人。

深雪和莉娜在比平常更早的時間上學，是因為必須在學校花時間解除「扮裝行列」。解除魔法的過程只有一瞬間，但是為了避免不特定多數的學生看見變身場面，所以深雪在前往教室之前先到學生會室，在那裡解除變身。為此必須提早上學。

送深雪她們出門之後，達也坐在飯廳。再三強調，達也沒放棄搶回水波，也沒因為被光宣逃走而氣餒。今天上午他必須出門為昨天的事情善後。現在這個時間做什麼都不上不下。

（……水波正在太平洋往東方移動。路線沒變更嗎……）

達也喝著家庭自動化系統泡的咖啡，以「眼」看向水波的情報。他輕而易舉便成功追蹤到水波的情報體。

（光宣他……應該察覺我在「看」了。）

光宣肯定在水波身邊。達也沿著這段「緣」想讀取光宣的情報體，但是在對焦之前，光宣的「影」就脫離達也的「視野」。

（是「鬼門遁甲」嗎……）

達也的「視線」之所以錯開，應該是光宣的「鬼門遁甲」使然。從周公瑾亡靈繼承的東亞大陸流古式魔法，光宣看來使用得爐火純青。

達也至此暫時停止觀測。打在水波情報體的標記當然就這麼留著，但達也不堅持找到光宣。

如果繼續進行詳細的觀測，達也要阻止帶走水波的那艘運輸艦，也不是不可能吧，但若貿然攻擊危害到水波就本末倒置了，要是原本只想破壞輪機部位卻造成沉船的結果就慘了。

（雖然還有點早，不過……）

進行外出的準備吧。如此心想的達也將咖啡一飲而盡。他要去參加師族會議。雖然不必穿得過於正式，但還是會要求穿著得體。達也對外的身分是高中生，所以准許穿學校制服，但他決定換上西裝。

達也將杯子放進洗碗機（不必操作按鍵，碗盤累積到適當的量就會自動開始運作），然後前往臥室。但他在途中繞到客廳。

視訊電話的來電鈴聲叫住他。

時間還不到八點。在這種時間打電話過來，應該是有急事吧，或者是只能在這個時間打電話過來。想到這裡就不忍心裝作沒聽到。

達也進入客廳，按下通話鍵。

在牆面螢幕登場的是身穿軍服的藤林響子。

『達也同學，早安。抱歉這時間打電話過來。』

藤林略顯顧慮從畫面中搭話。她的態度看起來不像只是在意一大早打來。

「早安。請問是急事嗎？」

達也劈頭以冷淡語氣詢問。並不是因為壞了心情才愛理不理，達也平常就是這個樣子。

『並不是急事啦……』

藤林支支吾吾。

達也隔著鏡頭以視線催促她說下去。

藤林在螢幕裡心神不寧般眼神游移，就這麼沒直視達也進入正題。

『……我想為父親的事情道歉。達也同學，方便撥空嗎？』

「意思是妳想當面說？」

『是的。』

此時藤林以終於下定決心的表情，和達也四目相對。

『因為父親犯下的背叛行為，不能只隔著鏡頭道歉就了事。』

藤林響子的父親藤林長正，昨天在富士山麓的青木原樹海和達也交戰。他為了讓九島光宣逃走而妨礙達也的追蹤。長正前一天才允諾會協助達也逮捕光宣，所以他的行為無疑是背叛。

「免了。」

達也的回應依然冷淡。

『可是……』

「妳的歉意，我現在就收到了。不必再多做什麼。」

毫無著力點。

達也的語氣正適合如此形容。

即使如此，藤林還是不肯退讓而開口。但是達也的聲音搶得先機。

「不提這個，妳要不要先去探望令尊？知道他在哪間醫院嗎？」

敗給達也的藤林長正被黑羽貢的部下抓住，運到位於甲府，由四葉家掌控的醫院。現在就這麼軟禁在那裡接受治療。

『呃，嗯。我聽母親說了。』

「雖然傷得很重，但肯定沒有謝絕面會。」

雖說是軟禁，但四葉家沒要妨礙長正和外部接觸。醫院名稱、住址與電話都已經在昨晚就告知家屬。

『……知道了。』

和造成困擾的當事人父親好好談完再重新來過。藤林如此解讀達也的話語。

『這次真的很對不起你。』

達也隱約察覺藤林誤解他的發言，卻沒刻意辯解。

「不會。請保重。」

達也說出難免被解讀為挖苦的這句話，同時按下開關結束通話。

◇◇◇

來到國防陸軍一〇一旅獨立魔裝大隊司令官室出勤的風間中校，椅子還沒坐熱就離開房間。因為桌上型終端機開機之後，風間就看見傳呼他的訊息。

然後他現在站在一〇一旅司令官佐伯少將的辦公桌前。

「昨天在前山梨縣富士河口湖町的西湖附近，九島蒼司接受警方的偵訊。」

進行一整套制式問候之後，佐伯首先提出的是這個話題。

風間臉上浮現些許意外感。

「和九島家的次男同名啊。」

「是他本人。」

浮現在風間臉上的意外感變得明顯。

「為什麼在那種地方？明天就是九島閣下的葬禮，他肯定沒餘力出遠門吧？」

如風間所說，被光宣殺害（對外宣稱的死因是病死）的九島烈，預定明天在九島家的家鄉舉行葬禮。肯定會有許多弔客前來會場悼念吧。不只今天，遺族昨天肯定也忙於準備。

「九島蒼司好像支援九島光宣逃亡，和司波達也打了一場。」

「九島家和九島光宣還有連絡？」

風間的聲音不只驚訝，還混入更濃的傻眼成分。

「只有間接的證據就是了。」

反觀佐伯沒驚訝，沒傻眼，也沒顯露意外感，而是平淡回答風間的問題。

「既然警方能夠偵訊，代表達也沒消除九島蒼司吧？」

「那當然。他的『雲消霧散』歸類為機密魔法。只因為搶回幫傭的過程被妨礙就濫用，是不佐伯的撲克臉在這時候出現裂痕。她這番話是將軍方立場單方面強加於人。達也內心的優先順位不一樣。但是風間沒在這時候當場指摘。

「這種程度的事情，我原本以為他也能理解……」

佐伯嘆了口氣。

「……昨晚在湘南觀測到的火球，是他的『雲消霧散』造成的。雖然沒證據，不過對流層平台的紅外線攝影機錄下影像，經由我的部下分析之後，結論是幾乎可以確定無誤。」

「下官第一次聽到這件事。」

風間的發言是表明不滿，質疑情報為什麼沒傳達給他。達也以「大黑龍也特尉」的身分隸屬於風間指揮的獨立魔裝大隊。由師團總部的情報部隊負責初步分析還算妥當，但是在做出最終結論之前，風間認為照道理應該向他指揮的大隊徵詢意見。

佐伯理解風間的心情，也猜到他會這麼想。

「關於司波達也昨天犯下的諸多違法行為，本旅不予坦護。」

明知如此，佐伯還是無視於風間的不滿。

「他最近的舉止令人看不下去。如果他以為身為戰略級魔法師就能為所欲為，就非得矯正他的錯誤觀念。」

「但我認為達也並未誤解這種事……」

因為獲得一条將輝這個新的戰略級魔法師，所以達也派不上用場了？——風間沒將這個問題說出口。

「話說回來，您說九島蒼司支援九島光宣逃亡……九島光宣完全逃離達也的追蹤了嗎？」

「聽說九島光宣帶著櫻井水波，搭乘美軍運輸艦逃到太平洋了。」

「是美軍暗中牽線？」

「應該是美軍內部的寄生物幫了他們吧。」

寄生物正以STARS為中心，在USNA軍內部擴大影響力，日軍也掌握這個事實。目前這個情報只保留在情報部的部分人員與少數幹部手中，不過佐伯已經以個人管道取得。

「原來如此。」

佐伯先前還沒將這件事告訴風間，但他看起來沒吃驚。佐伯對於風間的反應感到意外，卻沒問他是否早就知道。要是聊到取得情報的管道可能會節外生枝吧？這份擔憂掠過佐伯腦海。

「……司波達也恐怕也知道九島光宣的逃亡手段。可能也已經查出逃亡的目的地。」

「因為達也有那雙『眼』。不過，這會造成什麼不方便嗎？」

「載送九島光宣的運輸艦，據說正前往西北夏威夷群島。」

「西北夏威夷群島……閣下怕達也可能前往中途島嗎？」

「是的。」

佐伯沒含糊其詞，明確點頭。

「中校。獨立魔裝大隊絕對不能協助司波達也襲擊中途島。」

「下官明白。也會徹底要求部下自制。」

風間明理的態度，使得佐伯稍微鬆一口氣。

看來長官懷疑我參與了攻擊美軍基地的暴行——風間從佐伯的態度這麼認為。這就像是把風間當成私情看得比國家利益還重的人，風間感到萬分無奈。

「您要說的只有這些嗎？」

風間話中帶刺就是這個原因。這時候的他刻意沒隱藏不悅心情。

「不，正題是另一件事。」

從佐伯的聲音聽不出她因為壞了風間的心情而感到慌張。只不過她的語氣也令人感覺有點冷靜過頭。

「三月逮捕的澳大利亞魔法師——賈絲敏·威廉斯與詹姆士·傑佛瑞·強森，政府已經決定釋放了。」

「要引渡給澳大利亞嗎？」

「是的。」

風間沒問釋放的理由。既然是政府的決定，他就沒道理插嘴，他也不想打草驚蛇。在澳大利亞成為俘虜的日本官兵不會留在官方記錄，但是或許有幹員不是被當成俘虜，而是被當成罪犯拘禁。老實說，風間自己並不是和非法業務無緣，所以更不想牽扯到這方面的人物。

「我希望中校接下護送他們的任務。」

「由下官護送？」

不過風間也知道，在提到這個話題的時間點，釋放兩名澳大利亞魔法師特務的這件事就和他擺脫不了關係。

「是當天來回。肯定不會影響到大隊的運作。」

「方便請教日期時間與場所嗎？」

「七月十四日的〇九〇〇從本基地出發。他們兩人預定會在今天移送到本基地。」

「明天嗎……請問要護送到哪裡？澳大利亞嗎？」

「硫磺島。會在那裡引渡俘虜。」

「只要引渡就好？」

「沒要交換俘虜。不過……」

佐伯說到這裡，從辦公桌取出一封信。

「請把這個交給對方的負責人。一定要親手交給本人。」

「請問您說的『本人』是哪一位？」

信封沒寫收件人。風間會這麼問是理所當然。

相對的，佐伯的回答並不尋常。

「是中校也熟知長相與姓名的人物。」

現在這間旅部司令官室只有佐伯與風間兩人。

即使如此也不能說出姓名，對方就是這樣的人物。

「遵命。」

風間沒有追問。

◇ ◇ ◇

上午九點多，兵庫前來迎接達也，達也搭乘他駕駛的小型直升機從自家大樓出發。目的地是橫濱港灣高塔。今天十點將借用魔法協會關東分部的線上會議室舉行臨時的師族會議。達也受命以證人身分與會。

「七草學姊，早安。」

真由美站在會議室前面，達也主動打招呼。

「達也學弟，早安。這麼早來啊。」

真由美笑盈盈接近正要走過來的達也。

「學姊是代理七草閣下出席嗎？」

「怎麼可能。我是來當十文字的助手喔。」

「這樣啊。確實，即使是十文字學長，如果要他一邊獨自操作視訊會議系統一邊開會，可能沒辦法專心。」

「就算這麼說，也不能找外人幫忙。」

真由美的臉瞬間蒙上陰影。雖說理所當然，但她知道今天會議的議題是什麼。

不過真由美立刻露出親切的笑容。

「達也學弟，要不要過去喝杯茶？」

「快到開會的時間了吧？」

「還有十分鐘以上喔。」

真由美說完，有些強勢地將達也帶到茶水區。

達也知道真由美這名女性對於紅茶有著自己的原則。原本擔心區區十分鐘不足以好好泡茶，不過真由美好像沒執著到那種程度。端到達也面前的是預先在冰箱放涼的紅茶。

「達也學弟，抱歉上次沒幫上忙。」

真由美將玻璃杯放在坐著的達也面前，並且先開口道歉。桌上沒放糖漿、奶球或檸檬等多餘的物品。不接受無糖以外的紅茶，大概是在時間不足的狀況中勉強保有的堅持吧。

「……上個月的那件事嗎？那天晚上以結果來說，承蒙學姊擊退光宣，我反而必須道謝。」

真由美說的是六月下旬某天晚上，光宣襲擊水波所在醫院的那件事。如達也所說，當晚光宣沒能成功擄走水波。

「那個時候擊退光宣的是十文字……而且如果那時候抓住光宣……」

「我也一樣沒能抓住光宣。」

茶水區的空氣增加重量與黏度。

「……話說回來，你最近有上學嗎？」

大概是想驅除陰沉的氣氛，真由美一改語氣詢問達也。

「有上學。不過只是偶爾去。」

以達也的角度來看，他並沒有說謊。即使只看這週，他也為了帶莉娜和百山校長見面而在週三前往學校。而且說起來，學校是從週四恢復上課，如果回答沒去學校才叫做說謊吧——達也這麼認為。

然而一反達也的想法，真由美聽他說完之後深鎖眉頭。

「我知道你現在免除出席義務，也知道背後的原因……」

真由美以關心的眼神看向達也。

「不過，這不是你希望的待遇吧……？並不是禁止你去學校，所以盡量每天上學比較好吧？畢竟你還能當高中生的日子只剩下半年多……」

真由美是擔心達也才這麼說——達也在這方面也沒有誤解。真要說的話，應該是真由美有所誤解。

「我自認只要能上學盡量會去。」

這不是臨場托詞，無疑是達也的真心話。先不提剛入學的那時候，現在的達也不抗拒前往第一高中，甚至反倒是對第一高中有所眷戀。而且即使不提達也自己的好惡，他相當好奇深雪與莉娜在學校是怎麼過的。對於深雪是純粹擔心，對於莉娜是擔心突然闖禍。只不過是現狀無暇上學罷了。

「……是我多管閒事嗎？」

達也不認為真由美從他的簡短回應就理解得這麼深入，不過大概是從他的語氣與表情感受到某種東西吧。讓真由美眉頭深鎖的憂慮即使沒有完全消散也明顯淡化。

會議開始的三分鐘前，克人現身了。這時間抵達不會太晚。事前準備是由魔法協會的職員進行。會議開始之後才需要助手。

達也和真由美一起跟在克人身後進入會議室。

分割成十格的大型螢幕已經映出六人的臉。面對這幾位十師族當家，達也一起點頭問候。並不是達也輕視其他家的當家。克人與真由美即使低頭的角度不同（只有真由美深深彎下腰），也沒有逐一個別問候。

達也他們入內沒多久，八代家當家出現在畫面。

到了十點整，另外三人——四葉真夜、七草弘一與九島真言齊聚在螢幕裡。

「時間到了，那麼開始進行臨時師族會議。」

克人的宣言沒有儀式上的對話。

『事不宜遲，我想先釐清來龍去脈。』

一条家當家一条剛毅突然以強硬語氣帶頭發言。

『九島蒼司先生協助九島光宣逃亡，這是真的嗎？』

「這個問題由在下回答。是真的。」

達也毫不畏懼接受他的詢問。

「九島蒼司先生以『扮裝行列』冒充九島光宣，成為誤導在下的誘餌。在下在追蹤蒼司先生的時候，光宣趁機成功往反方向逃走。」

『九島閣下。司波先生這段發言是否屬實？』

二木家當家二木舞衣詢問真言。

九島家現在不是十師族成員，是定位為十師族遞補候選的師補十八家之一。九島真言受邀參加會議不是處於問話的這一邊，而是被問話的另一邊。

『表面上是事實，不過「冒充」這個說法有語病。蒼司並非自願成為誘餌。』

真言毫不畏懼回答舞衣的問題。

『所以他是被操縱的嗎？』

『您的意思是說，化為寄生物的光宣拿蒼司當傀儡？』

六塚溫子與八代雷藏接連質詢真言。

『是的。光宣和寄生物同化，蒼司無法對抗他的精神干涉魔法。』

如果九島蒼司在場，或許會作證自己沒被魔法直接操縱。蒼司不是主動幫光宣逃亡，是承受壓力逼不得已協助。但是對蒼司施壓的不只是光宣。蒼司確實害怕光宣的能力，不過命令蒼司當誘餌的是真言。光宣沒對蒼司使用操控內心的魔法。

『光宣使用了意識操作的魔法嗎？但我收到的資料沒有這方面的情報。』

『應該是化為寄生物之後學會的新能力吧。』

真言的說明是刻意造假。光宣沒以魔法操縱蒼司，也沒學會意識操作的魔法。但是真言回答七寶拓巳時的聲音和至今一樣聽不出慌張。

『您的意思是說，蒼司先生始終是被光宣操縱的吧？』

發問的是七草弘一。

『正是如此。』

真言的回答沒變。看來他始終想把責任全推到光宣身上。

弘一的詢問沒有到此為止。

『是從什麼時候開始的？』

『……您說什麼？』

真言首度展露慌張。

『蒼司先生是在什麼時候中了光宣的法術？蒼司先生為了擔任誘餌所駕駛的車，就我所知不是租車或贓車，是九島家名下的車。蒼司先生是在什麼時候中了意識操作的魔法，在什麼時候把車開走的？』

『這……』

『九島閣下，您沒察覺蒼司先生行跡可疑嗎？』

『……說來丟臉，我沒察覺。』

真言的語氣變得難堪又謙卑。他原本強勢的態度出現裂痕。

『這就危險了。』

弘一不是以責備的語氣，而是以沉重的聲音指摘。

『您說的「危險」是指？』

一条剛毅介入弘一與真言的對話。

剛毅並非要為答不出來的真言緩頰，而是覺得必須確認弘一說的「危險」是什麼。

『九島閣下沒察覺家人受到寄生物的強烈影響。』

如同一直在等待剛毅這麼問，弘一的語氣產生熱度。

『也就是說除了蒼司先生，無法否定也可能有其他家人或幫傭被寄生物操控內心。』

弘一講得牽強附會。但是只要真言沒收回「蒼司被光宣操縱」的主張就無法否定。

『九島閣下。我認為七草閣下的擔憂不容忽視，您認為呢？』

二木舞衣盡量保持中立態度，對真言這麼說。

『……一點都沒錯。』

真言不得不認同這個說法。

『我會立刻清查家裡所有人。』

『您不知道誰受到寄生物的控制吧？光靠九島閣下一人不會忙不過來嗎？』

『意思是七草閣下您要幫忙嗎？』

回應弘一這個問題的不是真言，是剛毅。

如果剛毅沒插嘴，真言應該會落得說不出話的下場吧。

『我自己有一些想法，所以敝家這一年努力發掘知覺系的術士，應該能成為助力。』

弘一積極吸納知覺系的魔法師，是基於去年發生第一次寄生物事件的反省。至少弘一在這方面沒說謊。

只不過，弘一這個申請不是出於善意。

『那麼，我們四葉家也來協助吧？』

『不，這就不必了。四葉閣下要處理光宣與ＵＳＮＡ的問題，勞煩您的話會不好意思。』

證據就是即使四葉真夜突然發言，弘一依然間不容髮駁回這個提案。弘一企圖以調查的名義竊取前第九研的研究成果。

「這部分要不要等散會之後，九島閣下與七草閣下再私下討論？」

大概是預見弘一與真夜之間將迸出火花，克人在這時候介入。

『也對。十文字閣下說得沒錯。』

剛毅立刻支持克人。

『說得也是。九島閣下，晚點方便借點時間嗎？』

『沒問題。』

真言答應弘一之後，場中暫時產生告一段落的氣氛。

『司波先生。不，應該稱呼您四葉先生嗎？』

七寶拓巳判斷應該進入下一個話題，以鄭重的態度向達也開口。

「請叫我司波。」

達也這麼回答不是因為立場的問題，而是顧慮到這時候稱呼「四葉」會和真夜難以區分。

『那麼，司波先生。昨晚在平塚東部海岸附近搶走報社機構所屬直升機的魔法師集團，和他們爆發槍戰的是您嗎？』

「遭受直升機乘員開槍射擊，以魔法反擊並殲滅他們的是在下沒錯。」

達也稍微修正七寶拓巳的發言之後承認這件事。

『司波先生的反擊是為了自衛，我從收到的資料理解到這一點。』

對於達也的反駁，拓巳回以像是安撫的話語。

『知道對方的身分嗎？』

『那些人是九島光宣的共犯嗎？』

緊接著，五輪勇海與六塚溫子接連發問。

「不知道。對方是東亞臉孔，但是和我們差不多，若說他們是日本民族也能令人接受。」

其實從艾莉卡轉述遠山（十山）司的說法，達也已經猜測襲擊他的是illegal MAP。但是在昨晚交戰的時間點無從得知這項情報，所以達也堅稱對方來歷不明。

『關於他們的身分，我這邊已經掌握。』

就像是要推翻達也的回答，七草弘一再度插嘴。

「他們是誰？」

克人催促弘一回答。

『ＵＳＮＡ非法魔法師暗殺小隊的馬頭分隊。』

『illegal MAP嗎……』

聽到弘一說出的名稱，三矢元以一副「原來如此」的語氣輕聲說。

『七草閣下、三矢閣下，illegal MAP是什麼？』

對於一条剛毅的發問，七草弘一與三矢元稍微移動視線，彼此以手邊的畫面觀察對方表情。隔著鏡頭互讓的結果，由三矢元接下說明的工作。

『是美軍統合參謀總部直屬的非法特務與暗殺部隊。所屬成員都是擁有卓越對人技術的魔法師，以三個分隊組成。據說其中的馬頭分隊預設用來對付大亞聯盟，分隊人員以東亞外貌的魔法師為主。』

『美軍擁有的非法特務精銳部隊是嗎？』

『這樣的理解沒有問題。』

對於一条剛毅的這句話，三矢元點頭回應。

『四葉閣下，美國為什麼企圖殺害令郎？』

剛毅將話鋒轉向真夜。

『天曉得？大概是達也拒絕了他們的要求吧。』

真夜假惺惺這麼說，大概是不想隱瞞自己在裝傻吧。

剛毅對於真夜的態度感到不滿。

『是要求他參加狄俄涅計畫嗎？我不認為光是這樣，他們就會派魔法師的暗殺部隊過來。關於令郎的那個傳聞果然是事實吧？』

真夜沒對剛毅的挑釁起反應，只是淺淺一笑。

『您說的傳聞是？』

發問的是七寶拓巳。

『摧毀朝鮮半島南端的戰略級魔法師——引發俗稱「灼熱萬聖節」的戰略級魔法使用者，傳聞正是四葉閣下的兒子司波先生。』

剛毅這段發言形式上是回答拓巳，實質上是在詢問真夜與達也。

真夜依然只是冰冷微笑。

回答的是達也。

『在下不認為必須回答這個問題。』

達也看起來毫不考慮就如此回答，使得剛毅雙眼睜大，臉孔漲紅。

「這不是應該在本次會議討論的議題。如果是這種會議，在下就不會在這裡打擾。」

在剛毅破口大罵之前，達也進一步這麼說。

『司波先生，您這樣說得太重了，冷靜一下吧。』

『一条閣下也是，我認為發言的時候應該避免追究別人家的私事。』

六塚溫子與八代雷藏連忙出言仲裁。

『……也對。這個話題不適當。』

「恕在下失禮。」

雖然「只是嘴上說說」，但剛毅承認自己不對，達也受到對方「毫無誠意地」道歉。

會議室開始飄出冷場的氣息。映在畫面上的各當家們難掩消沉心情。也可能是懶得掩飾。

『引發槍戰騷動的武裝勢力如果是illegal MAP，他們的惡行應該不會和光宣先生或國內的犯罪組織無關。雖然他們這次是在新蘇聯艦隊撤退的時候乘隙入境，但今後國防軍肯定會賭上面子提高警覺。』

大概是覺得就這麼拖拖拉拉毫無益處，三矢元著手總結這段議論。

『關於這件事，我們不必介入吧。我認為目前應該把問題聚焦在九島閣下的責任。』

『我想三矢閣下說得沒錯。雖說是屈服於光宣先生的魔法而造成這個結果，但九島閣下成為寄生物驚動社會的助力。』

七草弘一順著三矢元的發言這麼說。

『四葉閣下。九島光宣帶走的是貴家的幫傭。四葉家基於立場會要求九島家如何了結？』

弘一提出的這個問題，如同逼著真夜扮黑臉。

『這個嘛……達也，你怎麼想？』

真夜不改笑容，就這麼將弘一的問題丟給達也。

「在下認為不必要求他們負責。」

達也毫不猶豫。

「既然是被光宣操縱，那麼九島家也可以說是寄生物的受害者。即使從客觀事實來看，九島家也是前任當家被光宣殺害的第一個受害者。因此在明天即將舉行已故九島大人葬禮的這個時候，要是將遺族視為共犯批判，在下認為以人情來說也不甚妥當。」

『司波先生，您說得很好。』

大概是害怕有人插嘴反駁，二木舞衣稍微加快說話速度，以稱讚的形式贊同達也。

『如同司波先生的指摘，九島光宣是殺害九島家前任當家的凶手。九島家不可能「主動和這種人聯手」。』

『「以常識來說」應該沒錯吧。』

八代雷藏以酸溜溜的語氣附和。

『九島家不必贖罪，我也贊成這個意見。七草閣下也覺得這樣沒問題吧？』

『只要四葉閣下覺得沒問題，我就沒有異議。』

在三矢元的叮囑之下，七草弘一露出微妙的表情點頭。

不提真夜與達也，舞衣、雷藏與元是不希望十師族的團結出現裂痕才刻意這麼說。九島家現在不是十師族的一分子，但是直到不久之前都是核心家系，和其他的師補十八家劃清界線。要是這時候對九島家窮追猛打到不必要的程度，或許會削弱十師族的體制。他們心懷這種畏懼。

弘一也不是要毀掉以十師族為頂點的日本魔法界秩序。脫離十師族的九島家至今依然維持強大的影響力，弘一的企圖是降低九島家的地位，不是想鬥個兩敗俱傷。

『這樣就好。此外，司波先生。』

三矢元促使七草弘一妥協，但他沒有就此收起矛頭。

「請問有什麼事？」

『這裡確實不是揭發您真正能力的場所。』

「三矢閣下，這個話題已經……」

克人制止元。但元的嘴巴沒停下來。

『不過，司波先生。你是灼熱萬聖節的戰略級魔法師，這如今是公開的祕密。你的行動與發言使得國內外許多軍事相關人士陷入猜忌，感受到威脅，引發他們過度反應。你必須再稍微鄭重認知這個現實。』

元的發言不是基於厭惡或惡意，反倒可以說是在關心達也的現在與未來。

三矢家不只在國內，和海外的軍事相關人士之間也有許多管道，或許已經掌握到剝奪「戰略級魔法師司波達也」戰力的謀略一角。

「在下會將您這番話當成忠告收下。但即使您說這是公開的祕密，在下也無法說些什麼。」

達也似乎也理解這一點。即使如此，他的態度依然不變。

達也和國防軍約定過，不准公開自己是質量爆散的使用者。除了這個隱情，他也不能忽略詩奈經由深雪告知的情報。

三矢家將達也襲擊中途島監獄的計畫密告給國防軍。密告對象選擇和達也關係匪淺的佐伯，應該是為了阻止計畫付諸實行。達也覺得三矢元的看法一針見血，同時不禁心想剛才的發言或許也是為了限制他今後的行動。

◇◇◇

今天的臨時師族會議，令達也事後感到不是滋味。和illegal MAP的交戰沒被責備是圓滿的結果，但他的戰略級魔法師身分實質上已經曝光，雖說這不是自己的失態，達也依然無法接受。

不過，要是一直放不下這份難以舒坦的感覺，會害得深雪無謂擔心。他強行切換心情，依照先前的預定，在深雪與莉娜放學返家之後一起前往穗香入住的醫院。

「嗨，穗香！身體狀況怎麼樣？」

莉娜一進入病房，就率先向穗香搭話。

在她的身後，達也與深雪掛著微妙的撲克臉。

老實說，深雪認為達也首先搭話會比較讓穗香開心而自制，達也也猜到深雪的想法，準備由自己先詢問穗香的身體狀況。

事與願違。

莉娜以「興致」與「氣勢」毀了這個計畫。

由於沒有預先說好，所以也不能責備莉娜。結果就是達也與深雪暫時喪失表情。

只不過，這也是因為達也他們有著過於多心的傾向。

對於莉娜開朗的聲音，穗香以絲毫感受不到消沉的笑容回應。

「沒有哪裡不舒服喔。雖說住院，也只是住院檢查以防萬一。」

「這樣啊，那就好。」

達也重整態勢介入對話。

「達也同學……對不起，害你擔心了。」

穗香在畏縮的同時露出藏不住的笑容。她不認為達也不會擔心她，不過達也像這樣以態度表示關懷，她還是禁不住喜悅。

「這不是妳要道歉的事，反倒是我必須道歉。對不起，這次又殃及妳了。艾莉卡也是，造成妳的困擾了。」

病房裡除了達也他們，艾莉卡與雫也來探視。

達也先向穗香低頭，然後也向艾莉卡道歉。

「別這樣！不是達也同學的錯！」

「嗯，是那些壞蛋的錯。幸好穗香與美月都沒受傷，你應該不必感到自責吧？」

穗香激動這麼說，艾莉卡掛著微笑搖了搖頭。

「沒受傷真的太好了。不只是穗香與美月，也包括艾莉卡、西城同學與吉田同學。」

深雪這番話無疑是她的真心話，卻也是藉此避免達也再三謝罪。

「也對。雖然美月也向學校請假，不過只是因為昨天發生那種事所以小心為上。至於雷歐與Miki……不會因為那種程度就怎麼樣吧。」

如艾莉卡所說，美月今天為求謹慎而在家休養。雷歐與幹比古只是因為這裡是女生的病房又是單人房而避嫌。

「我也不認為這是達也同學的責任。」

沉默到現在的雫這麼說，聽起來和至今的話題方向與氣氛不同。

雫目不轉睛注視達也。她的臉上沒有笑容。

「為了避免這種危險的事件再度發生，希望達也同學今後可以保護穗香。」

絕非消遣的正經語氣。正經的表情。

「咦咦？」

出聲的是穗香。艾莉卡與莉娜也面露驚訝。

深雪臉上不知為何沒有驚訝或怒意——相對的，也沒掛著笑容。

「我想妳知道我是十師族四葉家的人。」

回應雫這句話的達也聲音，感覺與其說是「下定決心」更像是「確認決心」。

「嗯。」

點頭的不是穗香，是雫。穗香屏息注視著達也的臉。

「以前我預測自己將來會和四葉家訣別，不，是敵對。但現在我打算以四葉家魔法師的身分活下去。」

聽到達也接下來這段話，深雪表情瞬間蒙上陰影。

「得以受到我的保護，意思是穗香也要成為四葉家所屬的魔法師。這麼一來將無法維持普通的生活，也不再是普通的魔法師。就算這樣……」

「就算這樣也沒關係。」

穗香略為搶話回應，接受達也的說法。

注視達也的雙眼毫不動搖。

但她的視線從達也移向深雪之後，眼神遲疑不決。

「可是深雪……就算這樣，妳也可以嗎？」

聽到穗香這麼問，深雪看向下方。

不過深雪立刻抬起頭，正面和穗香相視。

「說實話……我會抗拒。因為穗香是迷人的女孩。但是如果妳肯一起成為達也大人的支柱，我會很開心。這個想法不輸給抗拒的心態。」

「深雪……嗯，我會努力的。」

深雪與穗香相互微笑。兩人都稱不上是滿臉笑容。深雪的笑容明顯帶著逞強，穗香的笑容缺乏自信。即使如此，兩人的話語與眼神都毫無虛假。

「不過……」

深雪說到這裡轉向達也。

向達也露出的笑容沒有陰影。

「達也大人，不可以花心喔。」

（用不著現在講這種話吧？）

達也表情不變，在內心哀號。

「用不著現在講這種話吧……」

莉娜傻眼說出這句話。

這也在所難免。氣氛全搞砸了。

但是在場的人們都知道，深雪是刻意破壞這股氣氛。

「……當然。」

達也努力裝出正經表情答應深雪。

穗香的笑容變得有點僵。

「小氣。」

穗香旁邊的雫輕聲說。

◇　◇　◇

下午七點。莉娜今天也和達也、深雪圍坐在同一張餐桌。但她今天並非一直坐在桌旁等，而是和深雪一起站在廚房。可惜稱不上「一起做菜」的水準，只是擔任「深雪的助手」。

「……沒想到是雫先提那件事。」

辛苦操作筷子用餐的莉娜向達也這麼說——由於深雪的教育頗為嚴格，不准莉娜以刀叉代替筷子。

「確實很意外。」

達也與深雪都沒反問「那件事」是哪件事。「希望達也保護穗香」。雫的這個「請求」，和達也所說「將穗香與艾莉卡他們放在自己的庇護之下」以及莉娜說出「感覺可以創立王國」這個感想的昨晚想法一致。

「可是達也，她們主動這麼說，以你的立場會比較方便行事吧？」

「也對……其實最好別變成非得保護她們的狀況就是了。」

達也像是自言自語的這句話，沉重得出乎莉娜預料。

「……穗香也是魔法師。無論是否和哥哥有關，我想她遭遇危險的可能性也不低。」

「就……就是說啊。盯上強力魔法師想逼他們乖乖聽話的傢伙，在政府、民間或犯罪組織都找得到。能夠得到達也的保護，對於穗香來說應該是一種幸福吧？」

深雪與莉娜連忙出言安慰。不對，慌張的只有莉娜吧。深雪的話語有點像是說給她自己聽。

「……哎，也對。而且這件事並非現在得立刻處理的類型。」

「……說得也是。現在要以水波為優先。」

三人都停下筷子。氣氛變得更加沉重，但這次無法逃避或草草帶過。
「……雖然我可能沒資格這麼問，但是不必去追水波嗎？你應該沒要放棄吧？」
「當然沒要放棄。」
達也立刻回答莉娜的問題。
話中毫無迷惘。
深雪臉上的憂愁稍微消失。
「我已經掌握去向。現在位置是……東京幾乎正東方約一千兩百公里處。在太平洋海面下以三十五節的速度航行中。」
「連這種事都知道？」
達也接下來說的這段話，使得莉娜瞠目結舌。
筷子從她的手中滑落。
深雪以責難視線看向坐在正對面的莉娜。
莉娜輕聲說「對不起」，將掉到桌巾的筷子放在陶瓷筷架上。
「既然在海面下，那她正在搭乘潛艦移動嗎？」
親眼確認莉娜沒偷懶將筷子直插在飯碗中或橫擺在湯碗上後，深雪轉頭詢問達也。不用說，深雪一停止用餐就將筷子擱在筷架上。

「沒知道得那麼詳細。也可能是全潛型運輸艦……不提這個，費心做的飯菜會涼掉，一邊吃一邊說吧。」

「說得也是。」

「你居然知道全潛型運輸艦……」

雖然反應各有不同，但深雪與莉娜也跟著達也再度開始用餐。

「東京的東方是……夏威夷嗎？還是……」

莉娜裝出「忽然想到」的態度，卻藏不住內心的期待。載著水波的船艦正開往中途島，莉娜將此視為大好良機。

達也與深雪都沒責備這種想法過於輕率。如同達也與深雪擔心水波的安危，莉娜對於淪為階下囚的班哲明．卡諾普斯也是相當重視與掛心。兩人都理解這一點。

「應該不是夏威夷島或歐胡島等夏威夷群島。是中途島或鄰近的環礁嗎……」

要說正因如此應該沒錯，達也將話題朝著莉娜期望的方向進展。

「莉娜，西北夏威夷群島有美軍基地嗎？」

達也從三矢家那裡得知珍珠與赫密士環礁有美軍基地。即使如此，他還是刻意問莉娜這個問題，言外之意是告知他沒有忽略中途島監獄。

「我聽說過珍珠與赫密士環礁有海軍的補給基地。」

不過說來可惜，莉娜出乎預料地正經，沒察覺達也的暗示，只回答他問的問題。

深雪朝莉娜投以「不應該說這個吧！」的著急視線。

旁邊的達也耐心繼續和莉娜問答。

「妳聽說過？」

「我不是海軍軍官，不會逐一調查沒列入利用計畫的地區基地。」

「意思是基地規模沒那麼大？」

「是的。如果是重要的基地，即使是我應該也會記得更清楚。」

（居然自己講這種話……？）

達也差不多開始頭痛了。

深雪則置身事外專心用餐。

「距離本土遙遠，軍方內部也鮮為人知的基地嗎？抓到的人很適合關在那裡。」

「……達也，你認為他們的目的地是珍珠與赫密士基地？」

莉娜戰戰兢兢詢問達也。

今晚的達也沒有惡劣到在這時候故意點頭回應。

「也不能無視於水波被關進中途島監獄的可能性。」

莉娜鬆了口氣。

深雪瞥向莉娜。那雙眼神在說莉娜是個「需要費心照顧的孩子」，但莉娜沒察覺深雪是怎麼看她的。

七月十四日星期日，上午九點。

風間中校按照行程飛往硫磺島。

風間的副官藤林中尉為了參加外公九島烈的葬禮，已經出發前往奈良。今天同行的是柳少校以及獨立魔裝大隊的數名士官兵。

除此之外，雖然嚴格來說不是同行者，但還加上賈絲敏．威廉斯與詹姆士．傑佛瑞．強森兩人。他們是澳大利亞軍的魔法師。今天春天以破壞任務的現行犯逮捕，直到昨天都關在軍事監獄（該監獄和俘虜集中營不同，是監禁俘虜以外的敵方戰鬥員），不過在今天釋放。風間的職責是將兩人引渡給前來硫磺島接人的澳大利亞軍代表。

釋放的決定已經告知賈絲敏．威廉斯與詹姆士．傑佛瑞．強森。雖然兩人大吃一驚，卻沒有特別陷入疑神疑鬼的樣子，態度相當聽話。

看來今天的任務會和平結束。如此心想的風間在運輸機內重新命令部下嚴加監視。

◇　◇　◇

另一方面，風間他們出發的三十分鐘後。

達也帶著莉娜與深雪，搭乘兵庫駕駛的ＶＴＯＬ。

目的是確保追蹤水波的手段。具體來說，現在正在開發可以飛到西北夏威夷群島的四人座飛行車，他們要去確認並且催促開發進度。

達也還沒決定要以飛行車前往中途島或珍珠與赫密士環礁。真要說的話，「來回」都使用飛行車是最終手段。若要在飛行四千多公里之後立刻開戰，達也自己也覺得很魯莽，達也認為劫走美軍的船艦還比較實際。

達也將這個旁人看來簡直瘋狂的計畫藏在心裡，起飛前往巳燒島。

◇　◇　◇

此時，一艘航空母艦「從西方」接近硫磺島。不是澳大利亞軍的船艦，是英國海軍的航母。

在距離硫磺島約一小時航程的海域，一架小型極音速運輸機接近航母。這也是英軍的飛機。

運輸機就這麼降落在斜角甲板。

另一方面，巳燒島西方也有飛機接近。不過這是從福岡國際機場起飛的商用噴射機，是國內航線的包機。

在達也等人抵達之前，這架小型噴射機早一步降落在巳燒島機場。

◇　◇　◇

◇　◇　◇

載著達也、深雪與莉娜的VTOL抵達巳燒島的時間是上午十點多。花費的時間和飛行計畫相符。由於已經預先連絡，所以也不必等車子前來迎接。不過接送車的目的地和預定不同。車子不是直接前往島嶼東部的研究所，而是前往西部沿岸，昔日魔法師監獄管理人員派駐的大樓。

大樓的前典獄長室，也就是將原本的最高級裝潢改裝得更豪華的這個房間裡，四葉家當家四葉真夜等待達也的到來。她坐在沙發上，葉山在她身後待命。

深雪不禁轉身看向同行的兵庫。但兵庫露出「大人冤枉」的表情微微搖頭。他也沒收到真夜來到巳燒島的消息。

總之不能只是一直吃驚。達也率先開口問候真夜，深雪隨後請安。莉娜雖然驚慌失措，但最後選擇默默鞠躬致意。

真夜邀他們坐下，達也坐在三人座沙發的右側。隔著邊桌有兩張單人沙發，真夜坐在左側那張，兩人剛好面對面。深雪坐在達也身旁，也就是沙發中央，莉娜則挨著深雪坐在沙發左側。

「抱歉突然找你們過來。工廠那邊我請他們稍等一下。」

從這句話可以知道真夜來到巳燒島並非巧合，是預先調查達也的行程之後介入。

如果是以前，達也的戒心應該會攀升到最高吧。但是現在達也不是很緊張。敵方成為己方，己方成為敵方。翻雲覆雨這個詞不只用在男女情事。昨天的敵人是今天的朋友，今天的朋友是明天的敵人。正如昨天在穗香入住的病房對她說的那樣，以前視為敵人的四葉家，對於達也來說已經不構成威脅。

「沒關係。所以方便請教姨母大人的來意嗎？」

「也對。不好意思讓遠方的訪客等太久。」

聽到這句話，達也感到詫異。真夜的說法聽在達也耳裡，這次的訪客不是來找真夜，而是來找他。然而沒有明說，達也完全猜不到訪客是誰。

「因為昨天沒能好好和你談一談……」

不過真夜繼續說下去的聲音，使得達也切換意識。無須追究訪客的身分，反正真夜等等就會引見。達也如此心想，將注意力的焦點移回現在和真夜的對話。

「所以我覺得還是得確認才行。」

「請問要確認什麼事？」

「或許不必多問，不過達也，你接下來打算怎麼做？」

真夜問得很抽象，但達也沒遲疑。

「在下要去帶回水波。」

「這樣啊……你知道水波在哪裡嗎？」

「知道。擄走水波的運輸艦，現在正前往西北夏威夷群島。」

「你打算怎麼前往那種地方？」

「這部分還在檢討當中。」

「這樣啊……達也。」

原本處於被動立場的真夜，臉上換成當家的表情。

「再等兩三天吧。」

「……方便在下請教原因嗎？」

達也詢問真夜為何如此下令。

「無論是好消息還是壞消息，我都會一五一十告訴你。」

真夜沒回答達也的問題。但是不只達也，深雪與莉娜也知道真夜準備了某種腹案。

「知道了。在下遵命。」

達也懷著允諾的意志向真夜行禮。

◇◇◇

達也和深雪、兵庫一起前往同一棟大樓的會客室。帶路的是堤琴鳴，四葉分家新發田家下任當家新發田勝成的守護者暨未婚妻。莉娜基於真夜「想問她一些事」的意向而留在剛才的房間。預定在和真夜面談結束之後立刻前來會合。

琴鳴敲響會客室的門。房內立刻有人回應。

「勝成先生，我帶達也先生與深雪小姐過來了。」

正確來說，除了達也與深雪還有兵庫，不過勝成……應該說「訪客」等待的對象只有達也。即使不能無視於四葉家下任當家深雪，沒將兵庫算進來也不能算是傲慢或冒失吧。

「請往這裡。」

勝成起身引導達也他們「三人」到沙發處。兩張對向的三人座沙發，其中一張沙發前面站著深色皮膚，五官明顯，推測約四十五歲的女性，她身後是看起來二十五歲左右，可可色肌膚，身材高眺修長的美女。

達也認識比較年長的那名女性。

（艾莎．錢德拉塞卡博士……？）

印度波斯聯邦的魔法研究中心，前印度中南部的海德拉巴大學教授，該國魔法工學領域的第一把交椅。戰略級魔法「神焰沉爆」的發明人。

（印度波斯聯邦的ＶＩＰ為什麼來到這裡？）

達也硬是藏起疑心，移動到錢德拉塞卡的正前方。深雪在他身旁，兵庫在深雪身後。

「教授，這位是司波達也，然後這位是司波深雪。」

勝成先將達也與深雪介紹給錢德拉塞卡。

「達也表弟、深雪小姐，這位是印度波斯聯邦海德拉巴大學的艾莎．錢德拉塞卡教授。」

然後他立刻看向達也等人如此補充。

「很榮幸見到您。我是司波達也。久仰大名。」

「我才要說，很高興可以和你見面。我是艾莎．錢德拉塞卡。」

錢德拉塞卡伸出手。達也略為保守握住她的手。

「我是司波深雪。請您多多關照。」

「我才要說請多指教。知名四葉家的美麗下任當家。」

看著深雪與錢德拉塞卡握手之後，勝成邀三人坐下。

錢德拉塞卡身後的女性站在原地不動。無須說明就知道她是錢德拉塞卡的護衛。

達也只朝她一瞥，沒開口探聽她的真面目。不過錢德拉塞卡主動揭露她的身分。

錢德拉塞卡中斷就坐的動作，轉向身後。至於達也與深雪則是在等年長的科學家先坐下。

「她是……」

錢德拉塞卡說到這裡，將視線移回達也。

「愛拉．克里希納．夏斯特里。是我的護衛，也是今年三月剛學會『神焰沉爆』的非公認戰略級魔法師。」

深雪睜大雙眼倒抽一口氣。

「我是司波達也。」

達也面不改色向愛拉點頭致意。

愛拉默默點頭回應達也。

錢德拉塞卡就這麼掛著微笑坐在沙發。

接著，達也與深雪坐在她的正對面。勝成坐在一旁放置的凳子，琴鳴站在勝成身後。

就這樣，達也與錢德拉塞卡的會談開始了。

◇　◇　◇

真夜的背後有葉山待命，但是莉娜這邊沒有同夥。莉娜處於孤立無援的立場。

而且對方是別名「極東魔王」、「闇夜女王」的魔法師。雖然莉娜也以戰略級魔法師身分列為世界最強之一，但是真夜據說會使用「無法防禦」、「在對人的戰鬥凌駕於戰略級魔法」的特殊魔法。即使知道「現在」不是敵人，現狀依然令莉娜不得不緊張。

「習慣日本的生活了嗎？和去年冬天的情況不同吧？」

真夜搭話時的表情「暫且」算是友善。

「沒問題。深雪與達也都很照顧我。」

莉娜一邊告誡自己「別害怕」、「別露出過度警戒的態度」，一邊擠出笑容回答。

「妳願意接下護衛深雪的工作，我真的很感謝。」

「這是我要說的，得以接受您的藏匿，我感激不盡。」

「這樣啊……」

葉山不知何時備好茶杯與玻璃杯放在茶几。茶杯放在真夜前方，莉娜前方是裝了冰紅茶的玻璃杯。

「喝冰紅茶可以嗎？」

「可以，謝謝您。」

莉娜立刻含住吸管。與其說是表示別無他意，應該說她緊張到口渴。

其實莉娜不太敢喝無糖茶，不過葉山準備的冰紅茶即使不加奶精與糖漿也很順口。不是沒有苦味，而是不令人在意，反倒覺得這才是美味來源。

喝到好喝的飲料，莉娜稍微放鬆。

這肯定是真夜他們的手法吧。

「可以的話，希望妳一直擔任深雪的護衛。」

聽到真夜這句話，莉娜不是將紅茶噴出來，而是硬吞下去。

幸好沒跑進氣管所以沒嗆到，但她需要隔一段時間才能回應。

「希爾茲小姐今後有什麼打算？要回美國？還是留在日本？」

莉娜突然面對這個沉重的選擇。但她一直在內心煩惱這件事，只是第一次被別人強迫表態。

「……去年二月，達也對我說，如果我想退出STARS，他可以幫忙。」

真夜稍微睜大雙眼表示驚訝。雖然一半是裝出來的，但有一半是發自內心。這件事連真夜都沒收到報告。

「當時我回答『我並不想離開STARS』。可是現在……」

「想離開了？」

「不知道。不，我在猶豫。」

為了整理思緒，莉娜看向下方，注視自己放在大腿上的雙手。

「我並沒有討厭美國。我對美國的愛國心至今也沒消失。可是祖國之所以需要我……需要我的原因是……」

回想起在STARS總部基地被追捕的那段日子，莉娜聲音顫抖。

「這不是輕易就能決定的事吧。不用急著下結論沒關係的。」

真夜以表面上充滿溫柔與慈愛的表情安慰莉娜。

「……謝謝您。」

「如果將來妳希望歸化日本，我會安排讓妳立刻實現心願。希爾茲小姐，妳抗拒成為日本人的養女嗎？」

「不會……反正我入伍至今幾乎沒見過父母。」

「電話呢？」

「沒打過電話，也沒寫過信。」

莉娜在家裡的待遇不是很好。大概是魔法天分太優秀惹的禍，她入伍之前，家人與親戚就有點對她敬而遠之。過於姣好的容貌，以她的狀況也成為親情遠離的原因之一。

即使如此，她即將滿十歲的時候就被軍方延攬。後來她立刻入伍，父母在那之後幾乎沒來面會，感覺未免也過於無情。或許是軍方或政府瞞著莉娜有所動作——例如宣稱這是隱蔽國家公認戰略級魔法師真實身分的措施之一。

「這樣啊……對不起，問了讓妳不舒服的問題。」

真夜聽完莉娜的說明，推測除了單純的親子關係還有其他隱情。但她沒將想法顯露出來，以暗藏同情的語氣說。

「沒關係，我已經放下了。所以我不抗拒成為養女。」

「知道了。如我剛才所說，請妳隨時找我商量喔。」

「好的。」

莉娜就這麼坐著向真夜低頭。

◇　◇　◇

「先生，關於魔法師現在的境遇，你有什麼想法？」

錢德拉塞卡詢問達也。此外在這個場合中，是以「先生」稱呼達也、以「小姐」稱呼深雪，以「博士」稱呼錢德拉塞卡。

「更具體來說，是關於各國政府管理魔法師的方式。」

達也思考片刻之後回答。

「從政府角度來看，應該還算是順利運作吧。」

始終只是「還算是」，還加上「從政府角度來看」這個條件。

錢德拉塞卡正確理解達也的意圖。

「是的。各國政府，甚至是新蘇聯與大亞聯盟，應該都認為魔法師的管理稱不上妥善吧。」

「或許吧。」

達也微微點頭回應錢德拉塞卡這段話。

「而且從魔法師的角度來看，這種管理完全不能滿足。」

「…………」

這次達也的反應是沉默。

錢德拉塞卡不以為意，道出自己的論點。

「現在的世界過於輕視魔法師的人權。至少在民主主義社會屬於神聖不可侵犯的基本人權，魔法師不被承認擁有，或者是輕易就遭受限制或侵害。將魔法師利用在軍事領域，最能明顯反映這個問題。即使在廢除徵兵制的國家，也只以魔法師為對象維持實質上的徵兵制。證明相較於一般國民，魔法師受到差別待遇。」

達也懷抱驚訝之意，聆聽錢德拉塞卡高談闊論。

不只是「神焰沉爆」，錢德拉塞卡也研發許多其他的軍用魔法，是讓魔法師成為政府助力的科學家。她自己也是魔法師，但是能力不強，以戰力來說派不上用場。反過來說，她不是被政府利用的魔法師，而是利用魔法師的政府人士。至少以往都是如此。

「反觀魔法師以外的市民，因為魔法師是不用武器就有能力傷害他們的危險生物，所以主張應該更嚴格限制魔法師的自由。」

「這只是少數反魔法主義者的主張吧？」

深雪忍不住插嘴。達也依然保持沉默。

錢德拉塞卡臉色一沉。她的表情看起來不只是被憂鬱囚禁，也像是在壓抑怒火。

「德國與法國正在政府的主導下研發一種項圈，可以感應魔法發動的徵兆釋放電擊，使得戴著項圈的人失去行動能力。一旦完成，應該就會提出法案規定魔法師有義務戴上這種項圈。英國以外的歐洲各國將會紛紛效法，最後普及到全世界絕大部分的地區吧。」

「怎麼這樣！簡直當成家畜看待吧！」

深雪以憤怒到發抖的聲音大喊。

「是的。連奴隸都不如，是家畜。然而不只是少部分激進的反魔法主義者，類似的想法也逐漸擴散到一般市民之間。」

錢德拉塞卡沒有安撫深雪。

「這種事不可能被允許！」

「嗯，小姐妳說的沒錯，我也這麼認為……以前的我，想將魔法師打造為國家不可或缺的戰力，藉以確保魔法師的社會地位，但是我改變想法了。」

「您有什麼具體的計畫嗎？」

達也以克制情緒的語氣詢問錢德拉塞卡。

「我認為魔法師已經來到非得親自維護自身權利的階段。而且不是以國家為單位，而是應該跨越國境團結一致。」

「博士您不是要和魔法至上主義者聯手吧？」

「不是。那個組織始終是起源於針對反魔法主義的情緒反彈。我構思的不是要和魔法師以外的市民敵對，而是在並存之中維護魔法師的權利，屬於穩健的組織性運動。」

「並存？不是共存？」

「市民對於魔法師的恐懼，已經提升到引發集體歇斯底里的等級。德國與法國就是很好的例子。而且雖難以啟齒，不過造成現今狀況的是兩年前的『灼熱萬聖節』，先生的戰略級魔法。」

對於錢德拉塞卡這番話，達也沒否認說「那不是我做的」。

「不是國家的決定，光是個人的心血來潮就可能有核武打到自己頭上，這麼想還能保持正常判斷力的人應該不多。當然，我確信先生不會像這樣不分是非黑白，但是大多數的市民不這麼認為。別說試著理解你這個人的個性，肯定連你的臉都不想看。他們只把你當成是擁有毀滅力量的魔法師，是死與破壞的化身，不知道你的本性，甚至不知道你的名字，就這麼畏懼著你。」

錢德拉塞卡肯定掌握了達也是戰略級魔法師的證據。即使不知道「質量爆散」，也經由確定的情報得知達也能使用威力凌駕於戰略核武的魔法。這時候急著想隱瞞而打斷話題毫無意義。

「在這種狀態期待他們維持理性應該很難。魔法師與非魔法師的人們需要暫時保持距離。」

「不過，魔法師人數不多。光靠魔法師無法維持現代的社會水準。」

「能以實用等級行使魔法的魔法師，在成年人口的比例是萬分之一。但是擁有魔法天分的人是這個數字的十倍以上。千分之一人口的這個比例，若以實際人口數來看絕對不算少。在上一場世界大戰減少到三十億人的世界人口，去年已經超過五十億人。要將全世界擁有魔法天分的人組織起來大概很困難，但光是集結百分之一就超過五萬人。」

「假設能在國際上將這麼多擁有魔法天分的人組織起來，也不可能將這五萬人聚集在同一個場所。」

「擁有五萬名成員以及相應的經濟能力，就可以成為影響各國政府的發言力。先生的恆星爐計畫，有能力產生如此強大的經濟基礎。」

錢德拉塞卡的目的至此揭曉。她千里迢迢來到日本，是企圖將達也的恆星爐計畫利用在魔法師——魔法天分擁有者的人權鬥爭。

就算這麼說，達也卻沒感到不悅。他的ＥＳＣＡＰＥＳ計畫——恆星爐計畫，目標是讓魔法師成為經濟上不可或缺的技術者與生產者，擺脫身為兵器的職責。錢德拉塞卡與達也的構想在本質上相同。

「更具體來說，是要將國際魔法協會改造為魔法師的人權組織嗎？」

對於達也改變方向性的這個問題，錢德拉塞卡沒有點頭。

「國際魔法協會這個組織的性質，過度偏向於將魔法用為對抗核武的抑制力。為了取回魔法師的人權，成立新的ＮＧＯ應該比較好。此外不同於『魔法師』、『Magic Constructor』或者是『Magi-crafter』等名稱，應該需要一個更為廣義，用來稱呼魔法天分擁有者的名詞。例如相對於『Civilian』稱為『Magian』，您覺得如何？」

「Magian……『Magic（魔法）』加上代表人類的接尾詞『an』是嗎？」

「因為Magian這個詞，無論如何都無法抹去『魔術師』的形象。」

「說得也是。『Magian』。我認為這個名稱很好。」

「我也覺得語感很棒。可是這麼一來，至今使用的『魔法師』這個名稱該怎麼處理？只擁有魔法天分的人以及擁有實用等級魔法技能的人，我認為還是應該在名稱上有所區別。」

深雪提出這個問題，使得達也與錢德拉塞卡思考片刻。

「日語的『魔法師』是『魔法技能師』的簡稱，所以我認為維持現狀也無妨……」

「……將『Magic Constructor』改稱為『Magist』，你們覺得如何？就是『Technologist of Magian』的意思。」

「Technologist……根據系統化知識從事工作的專業人員嗎？」

「這麼一來，比起『Magic Constructor』，『Magist』更接近『魔法技能師』的意思。我們日本魔法師聽起來比較順耳。」

三人露出笑容相互點頭。這時候的他們腦中描繪一樣的未來光景。

笑容自然消失之後，錢德拉塞卡端正坐姿。

「雖然不是短期內就能達成，但我會在這幾年為了成立Magian的國際結社做好準備。在成立Magian結社的時候，請先生務必提供助力。」

「如果狀況允許，請讓我參加博士的結社。」

「那麼到時候我再重新前來邀請。」

錢德拉塞卡向達也伸出手。

相較於開場時的問候，達也這次稍微深握她的手。

◇　◇　◇

錢德拉塞卡等人離開會客室之後，一直等不到莉娜前來會合，所以達也他們決定再回到前典獄長室一趟。

「啊，深雪。事情談完了？」

「莉娜……妳到底在做什麼？」

莉娜面前擺滿甜點。真夜坐在正對面掛著微笑看她。

「嗯？在試吃啊？」

「深雪，你們也知道，這座島缺乏娛樂對吧？不過這裡已經不是監獄，所以我覺得今後在這方面也必須充實一些，首先就請了甜點師傅們過來。」

「…………」

「在下認為飲食樂趣是維持士氣的重要因素。」

深雪一時之間說不出話，達也代為說出這句無礙的感想回應。

真夜露出一副「沒錯吧」的表情點頭，從沙發起身。

「深雪要不要也吃一些？」

真夜向深雪招手。大概是「過來坐這裡」的意思吧。

為難的深雪抬頭看向達也。

看到達也微微點頭，深雪移動到真夜至今坐的位子。

另一方面，真夜走到房間深處辦公桌後方，坐在一張特別氣派的皮椅上。

真夜上半身躺在高椅背，以放鬆的姿勢看向達也。

達也回應她的視線，站到辦公桌前方。

「錢德拉塞卡博士說的那件事怎麼樣？」

「在下深感興趣。姨母大人知道內容嗎？」

「當然已經先聽她說明了。」

換句話說，關於達也協助錢德拉塞卡的計畫，真夜已經知悉。

應該也可以在這時候要求更明確的口頭允諾吧。不過達也刻意沒這麼做。因為他不希望真夜以命令的形式束縛他將來的行動。

「知道了。」

達也只追加這句話。

真夜大方點頭，命令葉山準備椅子。

達也原本要客氣表示自己來就好，但他不必自己動手。辦公椅自己慢慢移動到辦公桌前。雖然比不上真夜現在坐的那張，卻也是附扶手的豪華皮製高背椅。

在真夜的邀請之下，達也坐在停止的椅子。

「達也，關於前天的事，聽說你以新的魔法擊退藤林長正是吧。」

達也剛坐好，真夜就以充滿好奇的表情這麼問他。

「為了破解藤林長正的魔法，在下使用了新魔法。」

「是什麼樣的魔法？」

達也說出的細部修正，真夜似乎沒聽進去。她的注意力都集中在達也的新魔法。

「靈子情報體若要存在於這個世界，對這個世界的事象造成影響，必須以想子情報體做為連結的媒介。也可以換個方式形容為存在於這個世界所須的踏腳處，或是支持其存在的根基。」

不只是正面，達也感覺側面與背面都有視線朝向他。看來除了真夜，深雪、莉娜、葉山與兵庫都在聆聽達也說明。

「你確認了這一點？」

「雖然是間接，但在下觀測到了。基於這個結果使出的『幽體消散』發揮預期的成效，所以應該可以斷定沒錯。」

「新魔法叫做『幽體消散』啊……麻煩繼續說明。」

「事象如果產生變化就會留下情報。精神在這個原則也不例外。即使是精神引起的現象，只要對這個世界造成影響，就會在情報次元留下記錄。」

「……純粹的思考或情感不會直接影響這個世界，所以不會在情報次元留下痕跡，不過精神體的投影或是對他人精神的干涉會記錄在這個世界，是這個意思嗎？」

「至少以系統外魔法為人所知的事象，以及能以系統外魔法重現的事象，都確實會留下相關的履歷。」

「……繼續說。」

「我們魔法師讀取事象的記錄，也就是想子情報體，藉以認知事象本身。即使沒有在下這種『精靈之眼』，雖然在行使魔法的時候有程度上的差異，不過所有魔法師都是這麼做的。」

「也對……這個『程度上的差異』，在實務上會成為莫大的差距反映在結果就是了。但你說的沒錯，我們可以從想子情報體認知事象本身。」

達也微微點頭致意，繼續說明。

「東亞大陸流古式魔法『蹟兵八陣』，是將屍體加工為魔法性質的容器，封入通稱『亡靈』的靈子情報體，利用『亡靈』持有的事象干涉力維持『鬼門遁甲』，屬於固定陣地型魔法。」

「亡靈有事象干涉力？」

「事象干涉力的真面目是靈子波。在下在高尾山上空和敵方幽體交戰的時候觀測到這一點。『亡靈』是靈子情報體，所以只要慢慢消耗自身做為燃料就能產生事象干涉力。」

莉娜也在聆聽說明。達也只說「敵方幽體」，沒提到艾克圖魯斯的名字。

「我很感興趣。」

真夜只對達也的新發現感興趣，看起來不關心敵方的真實身分。

「達也，看來你在這幾天接連發現許多關於魔法與精神的寶貴資訊。」

「不敢當。」

達也向真夜低頭致意，態度比剛才恭敬一些。

「藤林長正從容器釋放『亡靈』，用為攻擊在下的手段。在下從他以系統外魔法改寫事象的情報，找出成為『亡靈』存在根基的想子情報體，讀取其構造加以分解，導致『亡靈』——靈子情報體無法存在於這個世界。這就是『幽體消散』。」

「換句話說……是將精神體從這個世界切離的魔法？」

「沒錯。」

「該魔法不是消滅精神體本身，而是破壞精神體藉以存在並且干涉這個世界的根基？」

「是的。」

「夫人。既然無法存在於這個世界，從這個世界的角度來看等同於死亡。」

葉山在這時候插話。

「從這個世界切離的精神體如果可以自由返回，那麼這個世界應該會充滿亡靈吧。達也大人的新魔法，屬下覺得即使稱為『殺害精神體』的魔法也沒問題。」

「能夠殺害亡靈。這確實是劃時代的創舉……達也，我不急著要，可以請你將新魔法寫成詳細的報告提交給我嗎？你的發現與發明想必會成為四葉家的重要財產。」

四葉家是戰鬥魔法師的一族，同時也是魔法研究者的一族。探索並窮究魔法的可能性，在最後解開「精神」之謎。這是其他十師族所不知道，四葉一族立志抵達的終點。

「遵命。」

雖然達也另有目的，但他也是一名魔法研究者。不會拒絕自己的魔法以論文形式傳世。

◇　◇　◇

上午十一點。風間和他的部下，加上預定釋放的澳大利亞魔法師所搭乘的運輸機，在預定時刻降落在硫磺島。

引渡囚犯的對象已經抵達。

「不是澳大利亞的船艦？那是……皇家海軍的航母『直布羅陀號』？」

風間疑惑的低語並非自言自語。

「看來是英國海軍的航母『直布羅陀號』無誤。」

副官藤林中尉要出席九島烈的葬禮，所以風間沒能帶她過來。代替她前來的楯岡士官長壓低音量回答風間的問題。

英國目前是日本的友好國。皇家海軍的船艦停靠在日本港口不成問題。

「連絡總部，問清楚囚犯是不是要釋放給皇家海軍。」

不過，若要將逮捕的魔法師特務引渡給他們就另當別論。護送過來的特務是澳大利亞籍。至少風間沒聽過是英國前來接人。

他很快就收到一〇一旅總部的回覆。

「旅團總部回應。沒問題，確實是引渡給他們。」

「澳大利亞委託英國代為接人嗎……？」

這次的低語千真萬確是自言自語。風間的困惑強烈到使他不禁說出內心話。

共主邦聯（大英國協）的組成國家大幅減少，但形式上依然存續。澳大利亞至今依然是共主邦聯之一，英國和澳大利亞是親密的同盟關係。依照某個相當有力的說法，澳大利亞軍的魔法師部隊是以英國的經驗進行培育與組織。

但即使這是事實，澳大利亞的特務居然由英國海軍接收，一般來說無法想像。即使屬於共主邦聯又處於同盟國關係，澳大利亞依然是獨立國家。而且比起英國，澳大利亞距離日本近得多。風間想不到澳大利亞非得委託英國接收囚犯特務的理由。

（如果不是澳大利亞的要求……就是英國那邊有隱情嗎？）

雖然早就隱約感覺到，不過真正必須交付的看來不是特務，而是長官託付的信。風間一邊注意收在內袋的信封一邊心想。

見到釋放囚犯的英方代表，風間的疑惑愈來愈強烈。佐伯的命令沒有誤解的餘地。要將她的信交給引渡囚犯的對方負責人。即使如此，記載軍事重要事項的信件真的可以交給這個對象嗎？風間無法消除腦中的這份迷惘。

英國的代表是該國的國家公認戰略級魔法師——威廉・馬克羅德。

（「十三使徒」為什麼來這裡……？）

即使不是風間也會這麼想吧。確實，這並非完全不可能的演變。今天釋放的囚犯之一——賈絲敏・威廉斯，雖然沒達到可以稱為戰略級魔法的規模，卻是「臭氧循環」的使用者。研發這個魔法的不是別人，正是威廉・馬克羅德。

此外經過偵訊與精密檢查，得知賈絲敏・威廉斯是改造基因製作出來的調整體魔法師。提供這項調整技術的很可能是英國。澳大利亞的科學技術絕對不落後，但在第三次世界大戰當時，該國選擇實質鎖國做為防衛政策，在軍事技術上沒培育魔法相關技術。

所以風間來到這裡之前，就推測威廉・馬克羅德和賈絲敏・威廉斯的關係匪淺，即使如此，「十三使徒」這樣的大人物居然只帶著最底限的護衛就來到他國的軍事基地，簡直難以置信。

馬克羅德確實帶了航母過來。正確說是搭乘航母過來。不過航空母艦正如其名，要成為飛機的移動基地才有意義。停靠在港口的航母沒有戰力價值。船艦本身沒有攻擊力，要是搭載的飛機在起飛瞬間遭到狙擊就完了。

此外，雖然馬克羅德身為戰略級魔法師也是一大戰力，但他的魔法是「臭氧循環」，是將指定範圍的氧氣變換為臭氧。在這個狀況使用臭氧循環，將會殃及他自己與隨行人員。

佐伯的信值得讓英國做出「萬一失去戰略級魔法師也無妨」的覺悟嗎……？風間強忍著撕開信封偷看內容的衝動，在引渡囚犯完畢之後，將佐伯托付的信封交給馬克羅德。

馬克羅德沒作勢逞強，當場開封（不是撕破，是讓隨從以拆信刀開封），就這麼站著閱讀信件內容。

看完之後，馬克羅德說「我知道了」，將信封與信紙交給風間。

「……下官也可以看嗎？」

「請便。我想這樣比較不會產生誤會。」

風間吩咐部下離遠一點。馬克羅德隨之命令護衛與隨從退出房間。這個應對令風間嚇一跳，重新命令部下退出房間。在剩下兩人的室內，風間邀馬克羅德坐在沙發，自己也坐下打開信紙。

看得出是佐伯親筆書寫的英文，內容不太長。

估計風間看完內容的時候，馬克羅德開口了。

「新蘇聯沿著日本海南下，是連我也沒預料到的軍事行動。」

首先說出的話語，乍聽之下和信件內容無關。

「我之所以協助狄俄涅計畫，是為了避免戰略級魔法質量爆散用在英國，沒有更多的要求。對於那名前途無量的年輕人，剝奪他的自由與將來並不是我的本意。」

從話中脈絡明顯可以知道，馬克羅德所說「前途無量的年輕人」指的是達也。

「此外，他的恆星爐計畫，我看好是極為有意義的計畫。對於文明社會來說，妨礙這個計畫預料將會錯失不小的機會，不只如此，對於我們魔法師來說更是一大損失。」

馬克羅德這番意外的讚賞，使得風間連要附和都想不到適當的話語。

「關於恆星爐的評價，只不過是我個人的感想。但是新蘇聯艦隊的南下並非如此。我和貝佐布拉佐夫博士在狄俄涅計畫是共謀關係，但他對日本進行的軍事侵略，即使只是做個樣子也不能原諒。」

「……這是基於英國的立場嗎？」

「是的。是基於英國的立場，也是基於國協的立場。」

對於風間的詢問，馬克羅德暗中承認王室在幕後指使。

「剛才也說過，只要保證質量爆散不會用在英國，『我們』就沒有敵對的理由。」

風間回想剛才閱讀的信件所寫的提案。

佐伯向馬克羅德提出的申請，是聯手實現「戰略級魔法師管理條約」。

她製作的條約案，概要內容是將現今曝光的戰略級魔法師登錄在國際魔法協會，要求所屬國家負起管理義務。

負起管理的義務，等同於對他們的行動負起責任。但是一旦使用戰略級魔法，尤其是質量爆散這種魔法引發的結果，即使想負責也無從負起。既然這樣，就是要將戰略級魔法師束縛為無法自由使用魔法的狀態吧。

即使這項條約按照佐伯的意圖簽署生效，包括馬克羅德、貝佐布拉佐夫、USNA的國家公認戰略級魔法師艾里歐特．米勒與羅蘭．巴特，或是新蘇聯的列昂尼德．肯德拉切科，這幾名魔法師現階段和政權利害與共，不然就是國家當權者或政府的代理人，他們應該不會因為這項條約產生任何變化。但如果是德國的卡拉．施米特這樣和政權保持距離的魔法師，便無法避免自身自由大幅受限的結果。

（……不，我知道。真正的目標是達也。）

自己長官最主要的企圖，是從四葉家搶來達也當成手邊的棋子。風間立刻理解這一點。即使不是風間，肯定也毫不費力就得出這個結論。

（光是將達也拉離四葉家，佐伯閣下應該不會滿足。她肯定想要徹底剝奪達也的自由。）

佐伯是冷靜透徹的軍人。在她的心目中，國家利益比任何事情來得優先。

（那個魔法的威力過於強大，難以尊重達也個人的權利。）

風間如果只基於軍人的邏輯也會這麼認為。心底湧現苦澀厭惡感的同時，他不得不承認這一點。風間極度討厭懷抱這種想法的自己。

「我想應該會花點時間，不過舉辦國際會議進行條約案協議的過程中，我會盡力而為。」

佐伯在信裡要求行使馬克羅德與英國所擁有的國際影響力。

「請幫我如此轉告佐伯閣下。」

「知道了，閣下。」

馬克羅德允諾協助，風間基於立場只能向他低頭表示感謝。

◇◇◇

下午一點五十五分。日本魔法界長老九島烈的喪禮，預定五分鐘後在奈良的某間大型廳院舉行。準備已經完成，喪主與遺族都已經就位，提供給弔唁者的座位也幾乎坐滿。

會場入口產生一陣騷動。誤以為僧侶提早進場的人們轉身一看，就整個人僵住了。

入內的是三名男女。雖然幾乎是在最後一刻趕到，這陣騷動卻不是批判他們的聲音。各處傳來不成意義，單純感嘆的嘆息聲。

來者是兩名女性與一名男性。兩名女性都很美麗，年紀較大的婦人感覺頂多三十出頭。一眼看出身分的人都知道她的實際年齡，但是外表看起來年輕十五歲以上。她就是如此婀娜、豔麗而華美。

年紀較輕的女性，外表與實際年齡都未滿二十歲，還是可以稱為少女的年紀，卻也開始洋溢成熟的魅力。人們在心中尋找話語要形容少女的美，但是再怎麼找都找不到貼切的詞。優雅、清純、華麗、嬌豔。這些詞都無法讓他們接受。少女只能以「美」這個字來形容。

在兩人身後陪同的青年，或者說是少年，外表比起婦人與少女平凡得多。至少沒有吸引視線的光采。即使如此，婦人的豔與少女的美卻沒消除他的存在感，而且沒讓人覺得突兀。

三人就座了。鎖定眾人目光的咒縛終於解除。嘆息聲變成低語聲。

「……那位美麗的少女究竟是誰？真的是活生生的人嗎……？」

「……你不知道嗎？她是第一高中的司波深雪小姐。」

「……男的是司波達也吧。肯定沒錯。」

「……那個『托拉斯．西爾弗』嗎？」

「……喂。那位婦人，該不會是四葉家的女主人吧……？」

「什麼？……確實沒錯，是四葉真夜女士本人。」

「居然在這麼多人聚集的場所露面……究竟幾年沒這樣了？」

人們的低聲議論，一直持續到主持人宣布誦經的高僧進場。

從高僧退場到主持人宣布禮成，這場喪禮花了四個小時。前來拈香弔唁的人就是這麼多。忌日至今已經兩週，所以喪禮流程和一般不同。出殯只有直系親屬同行，喪禮之後的餐會由真言妻子的娘家富士林家掌理。此外響子老家的藤林家和真言妻子娘家的富士林家在族譜上是遠親，但至少追溯到上個世紀都沒有姻親關係的記錄。

如果只看今天的喪禮，富士家看起來反而和藤林家有隔閡。即使藤林家的人要幫忙，富士家也鄭重回絕。或許是關於光宣誕生的不可告人隱情（光宣在基因上的母親是嫁到藤林家的真言妹妹）影響到兩家的關係。

即使如此，要不是前天發生那件事，或許至少可以在接待區擔任助手吧。

藤林家在會場沒分到任何工作。藤林家當家藤林長正協助殺害九島烈的光宣逃亡，因此藤林家今天徹底被排擠。

藤林響子中尉在喪禮結束之後，手足無措般佇立在餐會會場一角。

沒有任何工作。

任何事都不給她做。

這使得響子內心比想像的痛。

連謝罪都不被接受的昨天，也感受過這份痛苦。

——響子如此心想。

「……話說回來，能趕上真是太好了。」

「說得也是。我也有點擔心。」

「原本預定沒要談那麼久，都是因為達也講的事情太有趣了。」

「……不好意思。」

或許是因為處於這種心理狀態吧。

正要離開餐會會場的姨母、侄子與姪女等三人交談時……

「那個……！」

響子忍不住插入他們的對話。

「哎呀？妳是藤林家的小姐對吧？」

四葉真夜以笑容回應響子無禮的聲音。

「是的，我是藤林響子。謝謝您今天為了外公遠道而來。」

「我接受過老師的指導，即使在地球的另一邊，我也會前來送他最後一程。」

「我想外公在天之靈也會很高興的。」

響子以制式字句回禮。

「……方便借我一點時間嗎？」

接著她排除猶豫，如此詢問真夜。

「可以喔。」

響子稍微露出驚訝表情，大概是沒想到真夜爽快答應吧。

「換個地方吧。妳也不想因為『這種事』受到注目吧？」

「……好的。」

現場有軍方的相關人士，也有魔法協會的相關人士。不只四葉家，一条家、二木家與七草家的當家也來了。其他十師族也派人代替當家前來，師補十八家的當家或代理人也齊聚此處。響子接下來要說的事以及「真夜接下來要說的事」，都不方便被別人聽到。

「葉山先生。」

「是，夫人。」

不知何時站在真夜背後的葉山恭敬回應。

響子臉上掠過一絲慌張。她沒能認知到葉山何時從何處接近。

「我想和這位小姐好好談一談，可以在哪裡準備一間包廂嗎？」

「屬下會叫車，所以先帶您過去那裡。」

「好的。藤林小姐也沒問題嗎？」

「……好的，我不介意。」

響子瞬間透露猶豫，但反正留在這裡也沒事做。她改變想法之後接受真夜的邀約。

「達也、深雪，你們可以回東京了。」

「遵命。」

對於真夜這句話，達也以承諾回應。

真夜使用「可以」這種准許的說法，但實質上是命令。真夜和響子交談的時候不想讓達也與深雪同席。兄妹沒誤解這一點。

「達也大人、深雪大人。」

這次是不知何時站在達也斜後方待命的兵庫向達也與深雪開口。

「已經做好起飛準備了。」

在巳燒島過得太放鬆的達也他們，是分別搭乘兩架小型ＶＴＯＬ趕到喪禮會場。其中一架是由兵庫駕駛，兩人在調布大樓搭乘的那一架。真夜回去時有另一架可搭，所以達也與深雪都不必顧慮。

「知道了。」

達也回應兵庫。

「『母親大人』，我們暫且告辭。」

接著一邊注意周圍的耳朵，一邊向真夜道別。

「姨母大人，我們失陪了。」

「嗯，路上小心。」

真夜以這句話「送走」兩人。

葉山所說的「叫車」，不是習慣所說「安排計程車」的意思，是如字面所述「叫自動車開過來」的意思。真夜出席九島烈的喪禮是早就定好的行程。預先準備性能充足的自動車以因應當家需要代步工具的事態，對於四葉家來說是理所當然的事。

葉山坐在副駕駛座，護衛兼司機握住駕駛桿。後方是坐著四名護衛的車輛，萬無一失。

包廂不是由葉山安排，是由響子帶領前往藤林家經常光顧的小餐館。真夜看來沒有特別警戒就坐在餐桌前面。葉山站在真夜背後，護衛堅守包廂的四個角落。藏不住緊張的是響子這邊。

雖然這麼說，但站著無法好好談，何況明明是自己主動搭話，抱持戒心沒坐下的話很失禮。在背部曝露在四葉家戰鬥員面前的狀況下，響子提心吊膽坐在真夜的正對面。

然後她調整呼吸，向真夜深深低下頭。

「首先請讓我謝罪。前天家父做了非常對不起您的事情。」

響子就這麼維持這個姿勢。

「是藤林長正閣下支援九島光宣逃走的那件事嗎？」

「是家父協助擄走櫻井水波小姐的那件事。」

響子低著頭回答真夜的問題。

「如果是這件事，妳不需要道歉。因為長正閣下應該有他自己的理由。結果是令尊身受重傷住院治療中。我認為他自身已經受到足夠的懲罰了。」

「可是……」

這應該是敗者應該甘願承受的痛苦，不是罪犯應該承擔的處分。響子原本想這麼說。

「而且我家的水波之所以被帶走，並不是令尊造成的。」

「咦？」

真夜這段話出乎意料，使得響子在內心組裝的話語消散，她不禁抬起頭。

真夜一副心有不甘的樣子板著臉。

響子完全沒料想到四葉家當家會露出這種表情，就這樣忘記謝罪。「這是什麼意思……？」

她忍不住這麼問。

響子甚至沒講完整的這句問題，真夜沒有回答。

「即使令尊沒妨礙達也，前天的追蹤也失敗了。所以妳再也不必煩惱這件事了。」

真夜眨眼之間回復笑容，溫柔安慰響子。

軍方與警方都沒觀測到八雲介入。包括架設在街道各處的感應器、偵察衛星以及對流層平台的監視裝置，都沒有記錄到八雲與達也的戰鬥。

不只自己，連交戰對象的身影與痕跡都隱藏起來，八雲的能耐遠超過響子想像，導致響子甚至沒認知或推測到除了自己的父親還有人出手阻礙。

因此，響子聽不懂真夜這段話的意思。不過站在受害立場的真夜明明說「沒有責任」，要是響子一直主張「是家父的錯」也很奇怪。

「……感謝您的貼心。」

響子以這種說法接受真夜的話語。

既然謝罪完畢，響子就沒有留下真夜的理由。她一口喝光玻璃茶杯剩下的冰紅茶，然後準備離席。當然也沒忘記帳單。

但在響子說出「請隨意」之前，真夜就叫來服務生加點紅茶與簡單的茶點。

「藤林響子小姐。」

聽到真夜以鄭重語氣叫到名字，響子沒能起身離席。

「是。」

她放鬆雙腿，重新讓椅子支撐身體。

「我覺得很可惜。」

真夜放鬆姿勢，以偏低的聲音對響子說。

她所說「可惜」的對象是我。響子從真夜的聲音如此理解。

「請問是什麼事情可惜？」

但是藤林說出口的回應，是要詢問這句話的含意。

「藤林小姐。要不要離開軍隊來我們家？」

真夜沒有回答，而是回以邀請。

「……意思是要我成為四葉家的魔法師嗎？」

響子以僵硬語氣反問。

「我沒有強迫的意思喔。因為我們不想和國防軍敵對。」

真夜露出笑容。

這張笑容蠱惑到令響子不禁畏縮。

「要妳離開軍隊，也不是希望妳撕破臉辭職，是希望妳圓滿退役，到我們家旗下的公司，例如到FLT任職的意思。」

確實，真夜的說法比響子一開始想像的和平得多。

響子稍微放鬆緊張心情。

真夜的聲音悄悄鑽入放鬆的內心空隙。

「轉職為民間的魔法師不算是忤逆國家，也不是背叛政府。不受立場的限制，在能夠發揮自身力量的環境充分活用這份能力，反倒更能對社會做出貢獻吧？」

「我……沒能發揮能力嗎？」

「藤林小姐的魔法與智慧，我認為應該活用在更廣泛的領域。我想想……比方說，妳想過電子情報網為何能以魔法干涉嗎？」

「……電流訊號也是電波與電流的物理現象，所以能以釋放系魔法干涉並不奇怪吧？」

「妳說的是干涉電流、電壓與電磁波吧？單純的電子運動，為什麼能以魔法認知為有意義的情報？」

「這……」

「是在使用魔法的同時，在腦中將電子運動轉換為機器語言，再轉譯成人類的語言嗎？」

「……我認為這有困難。」

「但妳可以用魔法干涉電子情報網。能以凌駕於梯隊系統Ⅲ的速度與正確性，挖出必要的情報。不是以入侵專用的超級電腦，而是以家用情報終端裝置搭配魔法就做得到。為什麼？」

聽到真夜這麼問，藤林無法回答。隨心所欲操控電子情報網，對她來說是理所當然，甚至不曾質疑自己為何做得到這種事。

「妳的能力只用來收集與操作軍事情報，我覺得很可惜。妳擁有的才華明明足以擴大魔法的世界，擴大自己的可能性。」

真夜這番話震撼了響子。她原本立志踏上魔法研究者之路。響子成為軍人的契機是未婚夫的死。響子的未婚夫是軍人，在首度分發的地點——沖繩戰死。不久之後，她就決定從軍。

這段過程有何種心理在運作，如今連響子自己都不知道。

真夜的話語令響子察覺了。

察覺自己缺乏繼續從軍的動機。

「以我的能耐，可以讓妳自由使用魔法。」

「…………」

「當然，妳不必立刻給我答覆也沒關係的。」

「……請讓我考慮一下。」

「嗯，很高興妳願意考慮。藤林小姐，還要來一杯茶嗎？」

「不用了。不好意思，今晚請容我就此告辭。」

「是嗎？那麼，期待妳的好消息喔。」

直到最後，響子都說不出拒絕真夜邀請的話語。

◇　◇　◇

響子回去之後，真夜也隨即離開餐館。原本就只是為了和響子交談而進入這間店，既然她回去了，就不用待在這裡。真夜一行人分乘兩輛自動車，前往VTOL所在的停機坪。

「夫人，屬下記得應該沒有延攬藤林大人的預定。」

葉山在起步的自動車裡詢問真夜。這句話不是單純的詢問，也是勸阻預定之外的言行。

「因為難得有這個機會。」

真夜明白這是諫言，而且毫不內疚。

「恕屬下直言，您是認真要延攬嗎？」

葉山略感意外般再度詢問。

「當然是認真的。」

面向前方的葉山看不見，但真夜回答時的表情非常正經。只不過葉山聽出她的聲音透露壞心眼的想法。

「藤林中尉的情報收集與操作能力，要是成為敵人會很棘手。尤其最近佐伯閣下好像在忙各種事情，所以更該提防。」

「依照剛才所說，您不是期待那一位進行『情報網』的研究嗎？」

「嗯，這部分我也很期待。構成森羅萬象情報的各種情報體，提供平台的情報次元……在情報次元將情報體相互連結的情報網若能解明，肯定會成為理解魔法本質的關鍵。」

「確實如此。」

「畢竟是艱深的研究主題。只要讓她正式著手研究，就沒有餘力做其他事情了吧？」

「這部分始終是副產物是嗎？」

「沒錯。」

真夜話中的主產物與副產物對調了，即使不是葉山應該也輕易聽得出這一點，真夜自己肯定也明白。

所以葉山沒有繼續追問。既然主人是故意說謊，而且這樣會帶來有益的結果，那麼下人就不該過問。

〔3〕

當地時間七月十五日上午六點。

載著光宣與水波的運輸艦「珊瑚號」抵達珍珠與赫密士環礁的美軍基地。

「雷蒙德，你說下不了船是怎麼回事？」

光宣的語氣明顯在譴責雷蒙德。

「別這樣責備我啦，因為我們也一樣不能登陸。剛抵達就突然說『暫時別到船外，要進行補給』，簡直莫名其妙。」

雷蒙德回應的聲音總覺得有點軟弱，看來事態也超乎他的預料。

「斯琵卡中尉怎麼說？」

佐伊．斯琵卡中尉是寄生物。同樣是寄生物，光宣只要開啟通道，隨時都能以意念對話，不必刻意詢問面前的雷蒙德。

「中尉說她也不知道。她一直很詫異，不對，是不耐煩。」

而且雷蒙德沒指摘這一點。看來光宣與雷蒙德都比態度或表情所見的慌張得多。

「斯琵卡中尉正在委託STARS總部進行交涉。順利的話只要一兩天，再久也肯定會在一週內改善現狀。這是中尉的判斷。」

「一週？時間花得真久……哎，算了。你是來告知這件事的嗎？為了避免我亂來。」

「我不認為你會做出這種不智之舉。不過還是有很多軍人和你不熟……」

「我知道。我會小心別做出讓人誤會的舉動。」

「拜託了……抱歉限制了你的自由。」

雷蒙德從走廊關上門。

光宣輕輕揮手，將關上的門上鎖。不是手勢辨識，是以單純的移動魔法轉動室內的鎖頭。

室內除了光宣還有水波。水波連一句話都沒說，但她剛才一起聆聽雷蒙德的說明。

「抱歉。總覺得事情變得怪怪的。」

水波表情難掩不安，光宣一邊道歉一邊低頭。

「沒關係。」

光宣抬起頭，水波對他微微搖了搖頭。

「這不是光宣大人的錯。」

水波說完，露出客氣的微笑。

要是繼續開口補充，將會成為責難光宣的話語，所以水波沒再多說什麼。
光宣察覺水波這個微笑的意思，懊悔咬著嘴唇。

◇　◇　◇

七月十六日星期二，司波家的早晨餐桌。
「載著水波的船，已經抵達珍珠與赫密士環礁的基地。」
以新聞播報聲為背景，達也對同桌的深雪與莉娜如此告知。
「這樣啊……」
深雪只輕聲這麼回應。大概是地點與時間都正如預料，所以不太吃驚吧。
「所以，是要怎麼做？」
但是莉娜內心似乎平靜不下來，看來她果然很在意囚禁在中途島監獄的卡諾普斯。
莉娜對達也的語氣有點嗆。如果在其他場合，深雪肯定會重重斥責莉娜，但她知道莉娜變成這種心理狀態的內情，所以僅止於輕聲說聲「莉娜」告誡。
莉娜也覺得自己的態度近乎亂發脾氣，她立刻說「對不起……」向達也道歉。
「我不在意。」

達也如此回應莉娜的謝罪。

「關於『如何前往西北夏威夷群島』，要等姨母大人連絡。」

接著這麼回答她的問題。

「意思是……」

「去救人的方針不變。妳的委託也一樣。」

莉娜忽地轉過頭。

「……謝謝。」

這兩個字，她以非常細微的聲音說出。

◇◇◇

隔天，七月十七日的午休時間。

吃完午餐在餐廳閒聊的深雪，露出「哎呀？」的表情，從內袋取出行動終端裝置。

像是本世紀前半的簡訊軟體全盛期那樣，不分時段整天互傳訊息，導致國高中生忙於處理的光景已經成為歷史。也因此，收到無意義簡訊的可能性不高。

「深雪姊姊？」

但是令人感到意外而僵住的通知果然很少吧。深雪一臉失去表情般注視終端裝置畫面，泉美以疑惑聲音詢問。

深雪視線從終端裝置移向泉美。不是驟然回神，深雪無縫轉變為自然表情。

「對不起，沒事。」

「……欸，暑假計畫決定好了嗎？」

同桌的艾莉卡突然改變話題。

她的開朗聲音是在命令朋友與學妹們「不准追問」。

◇◇◇

深雪今天也和莉娜一起早早返家。從上週四開始一直都是這樣。校方也指示放學要早點離開學校。不過今天不是基於「不該留太晚」的意識，而是基於「不能晚歸」的意識來行動。

深雪在午休時間收到的訊息是「今天一定要在下午六點前返家」，是四葉本家傳來的。內容包括「今晚出席東京某飯店餐會」的命令、「下午六點半會去迎接」的預告、「也要帶莉娜一起來」的指示，以及「已經知會達也」的告知。

「歡迎回來。」

在大樓迎接的達也依然穿著便服。深雪對此不感意外。一般來說都是女性要花比較多時間梳妝打扮，深雪與達也也不例外。

距離預定前來迎接的時刻已經不到一小時。

「我立刻準備。」

深雪如此回應在玄關迎接的達也。

「莉娜也快一點吧。」

「等一下！我沒準備什麼禮服啊！」

「放心，我借妳穿。我們的衣服尺寸幾乎一樣吧？」

嚴格來說，莉娜高了一公分，深雪的胸圍大一點。不過這種程度用高跟鞋與胸墊就能解決。

「啊～～真是的！知道了啦！」

以莉娜的立場，比起衣服尺寸，她更擔心服裝設計的方向性，但是不用嘗試就知道以這種藉口抵抗也沒用。

莉娜就這麼被拉著乖乖跟深雪離開。

深雪與莉娜相互協助打扮完畢，在下午六點二十五分走出深雪房間。

「兩位穿這樣都很合適。」

達也稱讚兩人。他已經換上不會過於拘謹的黑色西裝。

「謝謝。我的禮服很難找到適合莉娜『配色』的款式……會不會稍微平凡過頭了？」

深雪帶著一絲靦腆，在原地無聲轉圈。

「不，沒那回事。和妳的黑髮或莉娜的金髮都很搭，我覺得挑得很好。」

深雪與莉娜身穿同樣的黑色小禮服。

不過設計上有著微妙的差異。莉娜的裙子短一點，深雪的領口寬一點。

只是在兩人的美貌面前，這種程度的差異也等於沒差吧。即使講得比較客氣，兩人也都是絕世美少女。

深雪露出滿面笑容，莉娜稍微臉紅不看達也。

玄關門鈴在這個時候響起。

類比式掛鐘的指針顯示六點二十九分。

載著達也等三人，由兵庫駕駛的大型房車，停在東京都心某大樓的地下停車場。達也、深雪與莉娜都維持原來的面貌。這是基於真夜「無須喬裝」的指示。

確實，即使下車也完全感受不到周遭有任何媒體人士。依照兵庫的說明，要是沒有內建通訊功能的邀請函，連停車場的閘門都不會開啟。今晚餐會的舞台是在嚴格限制外人進入的會員制俱樂部裡。

兵庫在衣帽間繳交邀請函之後，身穿三件式西裝的中年職員前來帶領達也等人到包廂。乍看是讓人誤以為有對外窗的房間，但是映出東京都心景色的是高解析度螢幕。正在運作的空調也是內循環式。冷房裝置是從外側冷卻天花板，徹底保護內部。這間包廂完全和建築物外部隔絕。

等待約五分鐘，職員帶領葉山、高齡的白人男性、穿褲裝的白人女性入內。女性也具備日本人的特徵，或許是日裔白人。

葉山還沒介紹老翁，莉娜就「啊！」大叫一聲。從她的表情推測，看來是USNA的名人。

「達也大人，深雪大人。」

葉山稱呼達也與深雪的順序和以往相反。

「這位是USNA維吉尼亞州的參議院議員——懷亞特．柯蒂斯閣下。」

「我是懷亞特．柯蒂斯。」

柯蒂斯老翁不等葉山介紹達也與深雪，就向前一步要求和達也握手。

「我是司波達也。初次見面。」

達也沒顧慮到葉山與深雪，伸手回握。

「這位是我的未婚妻司波深雪。」

「我是司波深雪。很榮幸見到您。」

深雪鞠躬之後，柯蒂斯老翁也說「我才要說幸會」點頭回應。包括他使用流利日語問候，看來他肯在某種程度尊重日本的禮節。

「參議院議員閣下，我是安潔莉娜・庫都・希爾茲。很榮幸見到您。」

「STARS的安吉・希利鄔斯少校啊。我是懷亞特・柯蒂斯，請多指教。」

只是他對莉娜不只以英語回話，態度也自然而然變得高姿態。

對方說中自己的真實身分，莉娜不感驚訝。在柯蒂斯、達也、深雪、莉娜就坐之後，柯蒂斯親口說明原因。

「STARS的班哲明・卡諾普斯少校本名班哲明・洛茲，我是他祖母的弟弟。日文的輩分……是要怎麼稱呼？」

最後那句話是輕聲詢問在身後待命的日裔白人女性。

女性在柯蒂斯耳際低語。

柯蒂斯點點頭之後說：「對，是舅公。」

「恕我冒昧，閣下……」

莉娜以日語對柯蒂斯開口。

「什麼事？」

柯蒂斯這次也以日語回應。

「不可能只因為是班……是卡諾普斯少校的親人，就知道我是『天狼星』。閣下和『蘭利』交情匪淺的傳聞是事實嗎？」

莉娜提到的「蘭利」是中央情報局（CIA）的通稱。某段時期看似失勢的ＣＩＡ，在第三次世界大戰中再度榮登為美國最強的情報機構。

「嗯……少校，妳個性真率直。一般來說這是優點，不過依照情況也會招致莫大的不利。」

莉娜就這麼坐著抖了一下。

「閣下，如果害您不高興，請容我謝罪。」

「不，沒關係。」

柯蒂斯說完，視線從莉娜移向達也。

「如少校所說，我即使對ＣＩＡ也擁有一些影響力。」

「閣下擁有高於議員地位的力量，我明白了。」

聽完達也的回應，柯蒂斯露出滿意的笑容。

「那麼，你應該也會相信我接下來說的事吧。」

他以此做為開場白。

「司波先生。在你前往西北夏威夷群島的時候，包括船艦在內，我可以給你一些方便。」

深雪與莉娜同時睜大雙眼，單手摀住嘴角。

「感謝您提供助力。」

相對的，達也以平淡的語氣與表情回應。簡直是一副「我就知道」的態度。

「閣下，方便的話，可以請您說明目的與理由嗎？」

「我的委託是救出囚禁在中途島監獄的班哲明．洛茲。更正，應該說是協助他逃獄。只要完成這件事，司波先生無論在西北夏威夷群島『做了什麼事』，我都會負責善後。」

「聽起來，感覺對我來說過於順心如意……」

達也在語氣上故作為難，要求柯蒂斯說明。此外，他不是使用「在下」，而是使用「我」這個第一人稱，不只是顧慮到柯蒂斯應該不習慣講日語，同時也反映他內心和國防軍漸行漸遠。

「會嗎？」

達也的感想無疑是他的真心話，但參議院議員柯蒂斯好像誤會了。

「雖說會準備船隻前往當地，但是攻擊我國軍事設施的時候，我國的船艦不會參加。」

「這……確實如此。」

「當然，我保證在補給層面會提供萬全的支援……不過要怎麼攻略中途島監獄與珍珠與赫密士環礁，會交給司波先生與四葉家的各位全權負責。」

柯蒂斯這段發言令達也感覺不對勁。他講得像是四葉家理所當然會支援達也。確實，達也表面上是四葉家當家的兒子，如果只知道表面原因，大概會認為四葉家當然要派遣援軍。

但是依照柯蒂斯本人與莉娜的說法，懷亞特・柯蒂斯這名政治家在USNA的對外諜報機構擁有強大的影響力。真的可能不知道達也直到不久之前都在四葉家內部遭到排擠的事實嗎？

「以某方面的意義來說，這是和美國開戰，這份風險必須請你一肩扛起。」

但是現在必須專心進行面前的對話。聽到柯蒂斯接下來這段話，達也將掠過腦海的疑惑暫時擱置。

「既然負擔最重的部分委託給你，計畫的安排與善後當然要由這邊負責。」

「我明白閣下的想法了。可是為什麼不惜這麼做也要讓卡諾普斯少校逃獄？我聽希爾茲小姐說，中途島監獄不會傷害囚犯的身體。如果這是事實，用不著背負風險逃獄導致事後留下汙點，嘗試以政治手段獲釋，即使花費較多時間，也會造成比較好的結果吧？」

「中途島監獄確實不會傷害囚犯的身體，反倒可以說那邊顧慮囚犯健康的程度，一般的監獄根本沒得比。司波先生的說法按照邏輯，應該是比較正確的選擇吧。」

「意思是這件事並非邏輯問題？」

達也的回應引得柯蒂斯一笑。

「沒錯。你年紀輕輕居然這麼懂。這件事並非邏輯問題，是面子問題。你或許覺得荒唐，但倘若丟了面子悶不吭聲就是政治上的敗北。光是自家人被送進監獄就是一種屈辱，背負冤罪入獄更是一種侮辱，是『我不怕你這種貨色』的挑釁。政治家不能無視於侮辱，千萬不能就這樣被人瞧不起。」

「所以即使賭上閣下的政治生命，也『必須以收監單位屬意釋放之外的手段』，盡快讓卡諾普斯少校重獲自由嗎？」

達也的指摘切中要點，柯蒂斯輕聲說「真優秀」。

「正是如此。以政治家的立場，不容許靜待釋放這種事。但是理由不只這一個。」

柯蒂斯朝桌上的玻璃杯伸手。不是因為接下來的話語難以啟齒，單純是因為口渴。

「現在，我國的軍部遭到寄生物汙染。」

也許是心理作用，柯蒂斯的聲音比剛才帶點沉重的感覺。

「從STARS開始的寄生物侵蝕與增殖暫時停止，但影響力與日俱增。」

這段話對達也來說沒什麼好驚訝的。要不是寄生物的存在感變得強烈，應該不會襲擊巳燒島或是協助光宣逃亡國外吧。

「美國是民主主義國家。軍隊與政府都是為了國民而存在，不能被魔物壟斷。一定要根絕寄生物的猖狂行徑。」

「我知道了。」

柯蒂斯以不符合高齡的激動情緒說完，達也以沉著的聲音回以肯定之意。

「閣下不只要救出卡諾普斯少校，也希望驅逐那些協助九島光宣逃亡的寄生物是吧？」

「可以拜託你嗎？」

柯蒂斯心懷期待詢問。

「在我達成自身目的的過程中，我認為必然會成為這種演變。」

達也沒有刻意加重力道，以間接允諾的形式回應。

「如果能獲得彼此心目中的結果，今後我也希望繼續好好合作。」

柯蒂斯首先講得有點抽象。

「……要是這件事以彼此期望的形式解決，將來司波先生的未婚妻成為四葉家當家之後，我保證我的派系會成為她的助力。」

接著立刻改成提出具體條件。

聽到這段聲明，達也也忍不住吃了一驚。ＵＳＮＡ的參議院議員，而且是對ＣＩＡ擁有強大影響力的有力政治家，將會成為「深雪的」後盾。

「──葉山先生。」

達也不禁想問葉山「真夜是否知道這件事」。

「夫人也知道。」

葉山在他詢問之前搶先回答。

「──閣下，救出卡諾普斯少校的委託，我願意接受。」

達也不再含糊其詞。

這也是放棄了「不救卡諾普斯」的選項，但如果是為了讓深雪的立場能夠更加穩固，達也在所不惜。

「謝謝你。」

柯蒂斯站起來伸出右手。

達也也起身回握對方的手。

「船已經安排妥當。三天後搭乘驅逐艦前往巳燒島吧。詳細的行程會在之後傳送給你。」

柯蒂斯在握手的同時向達也如此約定。

◇◇◇

七月十八日，星期四。

風間一大早就被叫到旅團司令官室。

「中校，你知道USNA的參議院議員懷亞特．柯蒂斯嗎？」

草草問候之後，佐伯這麼問，風間思考數秒。

「記得是人稱『中央情報局幕後長官』的保守鷹派政界大老。這位柯蒂斯議員怎麼了？」

「議員昨天私下來訪我國。」

「私下嗎？是來討論如何對付新蘇聯嗎？」

風間的推測並非不可能，但佐伯好像當成玩笑話。她無視於風間的話語說下去。

「情報部也沒能完全跟蹤柯蒂斯議員的行動，但他昨晚好像和四葉家接觸過。」

「和四葉家？」

「目擊到疑似四葉家當家親信的人物，和柯蒂斯議員的祕書兼翻譯交談的場面。」

「疑似親信？沒能確認嗎？」

「對方好像使用非法干擾裝置，沒能拍到影片。」

雖說是非法裝置，但偷拍本身是違法行為。既然使用裝置的是外國政治家相關人士，也不能視為現行犯盤查。

「不過依照目擊的情報部員報告，幾乎確定是四葉真夜的親信葉山忠教。」

「統管四葉本家所有雇傭的那位葉山嗎……他是大人物。」

「只不過是十師族的雇傭，不必過度警戒。」

佐伯冰冷拋下這句話。不過語氣帶著些許虛張聲勢的成分。

在四葉造成大漢瓦解，被稱為「不可侵犯之禁忌」的那場戰鬥中，葉山是成為幕後支柱的人物，他是協助當時的當家四葉玄造規劃潛入手段與選擇有效攻擊目標的後方參謀。對於別名「銀狐」的智將佐伯來說，也肯定是不容小覷的對手。

但是風間沒說出這個想法，他也姑且知道要顧慮長官的感受。

「既然參議院的柯蒂斯議員在這個時間點和四葉家接觸……」

風間取而代之說出口的，是依照剛才得到的情報思考出來的推理。

「議員是不是委託四葉家將侵蝕美軍內部的寄生物驅除？交換條件是默認四葉家襲擊中途島監獄，並且提供追蹤九島光宣的手段。」

「……懷亞特・柯蒂斯為什麼要做這種交易？」

「據說這位參議院議員不只是政治上的保守派，在宗教上也是明顯傾向保守路線的政治家。對於擁有這種思想信條的人來說，寄生物應該是不可原諒的存在。」

風間的推理在動機方面只說中一半，卻幾乎完全說中交易內容。

「要是動用國內兵力肅清寄生物，免不了背負起教唆內亂的汙名，所以叫四葉家清理？」

「這應該也是原因，但下官認為單純是計算戰力的結果。閣下說的沒錯，如果只靠自己國內除掉寄生物，無論如何都會變成自相殘殺。推測會因為影響聲譽而無法大規模動用部隊。在這方面，達也是一人匹敵一軍的戰力。在不必擔心殃及無辜的狀況下，光靠他一人應該就能輕易摧毀一兩座基地吧。」

「讓寄生物聚集在西北夏威夷群島的基地，再由司波達也下手殲滅，這就是懷亞特・柯蒂斯的目標？」

「下官認為他有考慮到這種程度。」

「不能讓司波達也做出這種事。」

佐伯說這句話的語氣，給人一種因為著急而稍微用力過度的印象。

「……要是日本魔法師介入美國內部的勢力鬥爭，恐怕會給ＵＳＮＡ政府一些錯誤的訊息。這不是好事。」

佐伯自己大概也覺得有點歇斯底里，像是要掩飾般補充這段話。

但她的真心話應該是不希望身為「平民」的四葉家和美國政界建立強大的人脈吧。

至少風間聽完佐伯的發言是這麼覺得的。

佐伯沒察覺風間如何解釋她的話語。這時候她的意識正沉入自己的思緒。

「將司波達也……」

佐伯沒揚起視線，以自言自語般的語氣說出達也的名字。

風間疑惑地看向佐伯。

「將他以大黑特尉的身分傳喚過來吧。」

佐伯接著這麼說。

在非戰時期的非戰地區，軍方沒有召集平民的權限。但是為了將交戰者資格賦予給達也，達也基於特別法獲得軍人地位。只要反過來利用這個地位，就能將達也傳喚到軍事法庭，佐伯也能以長官身分召集他。

「但是現狀不符合特務規則所定的條件。傳喚他需要名義。您要怎麼做？」

只不過，在新蘇聯的具體威脅已經遠離的現況，是否能反過來利用「特尉」這個地位，風間抱持懷疑態度。

「這次偵訊是為了釐清他是否串通外國勢力。」

「……這樣啊。」

風間覺得牽強，卻沒有反對。

日本時間十八日下午三點，當地時間十七日下午七點。美國海軍的運輸艦開進西北夏威夷群島的珍珠與赫密士環礁美軍基地。

這件事本身不必大書特書，許多武裝士兵下船應該也不奇怪。這座基地是美國海軍的補給據點。登陸戰鬥要員肯定是抱著自己的武器前來休養。

異常之處在於他們如同進入匪區般緊張到僵住表情。他們躡手躡腳屏息前往的地方不是基地建築物，而是另一艘運輸艦。

他們的目的地是停泊中的全潛型運輸艦「珊瑚號」。光宣與水波從橫須賀外海搭乘，至今還待在上面的那艘船。

運輸艦「珊瑚號」的艙室沒有窗戶。窗戶是結構上的弱點，不同於民用客船，軍方艦艇本來就沒什麼窗戶，加上「珊瑚號」實質上是潛艦，所以艦內與艦外徹底隔絕。水波關在分發到的艙室裡，甚至不知道艦外即將迎接日落。

不過，即使隔絕光線與聲音，還是會傳來某些動靜。水波以第六感察覺某種危險氣息正逼近自己。

這裡是軍事基地，當然會洋溢「火藥味」。水波對自己這麼說，但是不祥的預感有增無減。

室內輕聲響起門鈴聲。水波快步走向氣密門開鎖。

往外開的門被某人從走廊拉開。

「可以進去嗎？」

水波從氣息解讀的沒錯，訪客是光宣。

「好的，請進。」

水波退後一步，邀光宣進房。

光宣從稍微拉開的門縫鑽進水波房間，關門上鎖。

「外面的樣子怪怪的。以數十人為單位的士兵正接近這艘船。」

水波點頭回應。對她來說，光宣這番話不是引發「怎麼可能」，而是「果然如此」的想法。

「雷蒙德與斯琵卡中尉也沒能理解狀況。我想美軍應該不會拿槍相互指著自己人，但我覺得和妳在一起比較好。」

水波再度點頭，表情比剛才緊張了些。

她不認為「怎麼可能」，卻贊成「在一起比較好」的想法。

襲擊巳燒島的運輸艦「中途島號」由二十名以上的寄生物組成接舷攻擊部隊，但「珊瑚號」的船員與乘客只有光宣、雷蒙德與斯琵卡三人是寄生物。船員只不過是在五角大廈對日強硬派的命令之下，支援敵對日本的寄生物勢力。

然而基於生理因素——基於宗教因素厭惡寄生物的軍人與軍系官僚，認為「協助寄生物」與「追隨寄生物」沒有兩樣。和寄生物共同行動的珊瑚號船員不是「美國軍人同胞」，而是「侵蝕祖國的惡魔黨羽」。

即使無法將槍口指向同胞，若是改成朝著「惡魔黨羽」開槍就免於躊躇，如果是指揮官的命令就更不用說。受命襲擊珊瑚號的士兵肯定處於這種心理狀態。

珊瑚號的艦身是潛航構造，因此停泊在港口時也只有整體約四分之一露出水面。即使如此也和一般潛艦不同，附有貨物進出用的大型艙門，沒有一次只能讓一人進出的不便問題。

六十名以上的士兵殺向貨物艙門，二話不說就開洞。

這種暴行使得珊瑚號船員受到強烈的打擊。

船員人數約一百二十名，是闖入艦內士兵的兩倍左右。雖然人數占優勢，但是偷襲與被偷襲雙方的心理準備程度不同。珊瑚號船員幾乎沒能進行像樣的抵抗就接連「被槍殺」。

寄生物增殖的原理不明。去年冬天無論在美國還是日本，寄生物都沒增加同伴。但是在今年的案例，光是現在所知的範圍就有五十人以上不是因為微型黑洞實驗的結果，而是因為和寄生物接觸，也就是經由所謂的「繼發傳染」變成寄生物。

珊瑚號的船員在封閉環境和寄生物共處大約三天。射殺他們是因為懷疑他們遭到「傳染」。既然不知道「傳染」的原理，船員可能會全部化為寄生物。既然寄生物無法「治療」，那麼為了阻止「傳染」擴大，一定得將「患者」進行「處分」——美國國防部保守派之中較為偏激的派系是這麼說的。

若要「處分」所有船員，將他們連同珊瑚號炸沉的風險感覺比較小。船員也不是手無寸鐵，不能忽略攻擊部隊遭受反擊造成死傷的可能性。

即將實行突襲作戰之前也出現這種意見。即使是為了實行「上帝的正義」，若能避免犧牲是最好的，也無須為了「上帝的正義」而不擇手段。

駁回「炸沉」這個選項的原因，在於不確定這麼做是否能消滅寄生物。即使對方是普通魔法師，光是擊沉搭乘的船隻也不一定殺得死，以寄生物——妖魔的狀況，或許死了也不會消滅。

因此，攻擊部隊受命以「銀水晶子彈」射殺目標對象。「銀水晶子彈」並不是以「銀水晶」這種物質製作，而是將水晶磨尖製成內芯，再以加入微量鎳的九九九純銀包覆而成的子彈。主要在前USA活動的基督新教驅魔師會使用這種除妖武器。

相較於天主教，基督新教在傳統上缺乏魔法類型的戰鬥組織。但是在魔法尚未曝光的古老時代，驅魔師的需求就存在於全世界。前ＵＳＡ的基督新教團體反過來利用缺乏驅魔師的傳統，打造出配合槍枝文化最佳化的除妖武器。

可惜STARS和驅魔師沒建立良好關係（因為驅魔師組織看上的年輕魔法師屢屢被STARS從旁搶走），莉娜在第一次寄生物事件沒領到這種子彈。但是這次基於「除掉侵蝕STARS的寄生物」這個名義，驅魔師組織提供助力給保守派。

只不過，銀水晶子彈對寄生物是否真的有效還不得而知。

士兵們的最後方，三名身穿黑色罩衫的男性由一支分隊保護。一人是中年人，兩人還年輕。他們脖子上掛著繡有十字架的披肩，左手拿著長約六十公分的大十字架。是隨軍牧師的古式魔法師，也就是驅魔師。

他們不是高階驅魔師，魔法攻擊力也不算高，但上級期待他們完成的職責不是以魔法打倒寄生物。三名驅魔師為了完成職責，將十字架高舉在眼前開始祈禱。

打破貨物艙門的衝擊以震動的形式傳播，甚至傳到水波的艙室。

光宣驟然睜大雙眼，接著立刻半閉眼皮，就這麼皺起眉頭。

「遭到妨礙……？」

張開眼皮的光宣，察覺水波不安注視著他。

光宣在一瞬間猶豫是否該對水波說明兩人身處的異常事態，但是什麼都不說反而會招致不安吧，所以他改變主意。

「……無法以意念連絡上雷蒙德與斯琵卡中尉。」

「是遭到妨礙嗎？」

光宣還沒對水波詳細說明寄生物的能力。水波不知道寄生物之間的意念通話和心電感應不一樣，所以聽光宣說意念溝通受到妨礙也不太吃驚。如同「演算干擾」會阻礙魔法發動，意念通話也能以某種方式妨礙吧……水波只有這種程度的認知。

但是寄生物的意念通話和心電感應有著根本性的差異。寄生物擁有個別意識，同時也共享意識。寄生物的意念通話是在單一意識裡進行，從這一點來看等同於和自己對話。即使朝著意識與意識之間發射意念波干擾，也無法妨礙寄生物相互通訊。必須能夠干涉所有寄生物共享的意識，干涉內含所有寄生物的種族意識，才可以妨礙寄生物的意念通話。

既然真的可以妨礙，就意味著寄生物的魔法能力並非不可能遭受妨礙並減弱。

「水波小姐，別離開我。」

光宣將水波保護在背後，身體面向艙門。

看到光宣呈現非比尋常的緊張，水波也緊繃表情只回應一聲「是」。

完全隔音的牆壁另一側沒傳來聲音。只有肅殺的空氣傳達過來，加溫燒灼肌膚。

光宣不只是警戒門外。他一邊試著和雷蒙德與斯琵卡通訊，同時想以「眼」確認現在發生什麼事。但他就算使用「精靈之眼」也只讀取到模糊的情報。

（妨礙寄生物——妨礙妖魔精神機能的術式正在運作？）

恐怕是古式魔法師幹的好事。這種魔法師學習的魔法體系專門對付和人類為敵的非人存在，也就是惡靈或妖魔。包括無法以意念通話，現狀只讓光宣這麼認為。

魔法與「眼」並非完全被封鎖。光宣知道外頭正在廝殺，也得知妨礙他使用魔法的是三名魔法師。

（……要先解決這些傢伙嗎？）

光宣如此自問。雖然只是妨礙魔法，但是對方正在干涉意識，也就是干涉光宣自己。這明顯是敵對行為。

（下手別重到出人命。這樣就扯平了。）

光宣對自己這麼說，決定反擊。

在蒙上一層霧的視野中，瞄準妨礙他使用魔法的古式魔法師。

比想像的還不順利。為了克服反妖魔術式的妨礙，非得將注意力集中到超乎預料，導致疏於注意周遭狀況，但忙於反擊的光宣沒察覺。

光宣選擇的魔法是「電光」。在他擅長的釋放系魔法之中屬於最單純的術式。一般來說是電解少量空氣的魔法，但光宣從敵方魔法師身穿的衣服強行抽取電子。

在極近距離產生的電擊走遍敵方魔法師的皮膚。

施加在光宣精神的干涉力消滅，光宣因而確認成功以電擊癱瘓對方。

光宣拉回注意力，以「精靈之眼」看清現在發生什麼事。

（——！）

「光宣大人！」

幾乎在光宣自行認知現狀的同時，水波的警告傳到他的耳中。

本應上鎖的艙門猛然開啟。鎖頭是以非磁性金屬製作的單純內閂，所以幾乎不可能從氣密門的外側開啟。其實對方是以念動力轉動門閂。光宣直到事態平息之後才想到這個推理。

六把槍朝向光宣與水波。光宣只以意念就發動「電光」。但光宣不是在認知士兵的同時發動魔法。雖說是寄生物，但是只要照著魔法的系統走，就無法下意識使用魔法。建構魔法式的程序本身是在潛意識領域進行，但術士必須意識到自己使用的魔法。寄生物不需要ＣＡＤ，甚至不需要啟動式，但是從認知敵人到發動魔法的時間不會是零。

從光宣認知到士兵與槍口到決定發動「電光」，需要零點五秒的時間。

這時候，士兵們的手指已經將扳機扣到底。

子彈穿過電解的空氣。

六名士兵觸電倒地。

六個槍口射出的子彈——

被水波架設的反物資護盾擋下。

通常很容易認為單純的思考比任何行動都要簡單迅速，但人類的反應有時候是行動比思考還快。千錘百鍊成為戰鬥魔法師的水波，在看見敵人即將入侵的光景瞬間，就反射性地操作ＣＡＤ發動護壁魔法。

失去動能的子彈落地。

水波雙腿脫力跪下。

「水波小姐！還好嗎？」

光宣建構堅固的反物資、耐熱與反電磁波護盾，取代水波失效的護壁。在光線都無法入侵的護盾內部，光宣以微弱電漿製造不發熱的光源，單腳跪在水波旁邊搭住她的肩。

原本想搖晃她的肩頭，卻在最後一刻打消念頭。

痛苦看著下方的水波臉蛋露出微笑，仰望光宣。

「我……還好……」

水波斷斷續續回應，光聽她的語氣就知道不太好。

「只是……一時情急……所以力道……拿捏失敗……而已。」

「好了！別再說了！」

光宣忍不住以雙手緊抱水波。

他的臉蒼白到不輸水波。

使用魔法會縮短水波的壽命。光宣重新想起這件事。

他擄走水波正是因為這一點。

因為不想讓她死，所以光宣放棄人類身分，也勸水波這麼做。

明明是這樣，卻因為自己的疏失，害得水波使用了魔法。

無論是新出現敵人的攻擊，還是雷蒙德的意念通話，光宣悉數阻絕，只顧著緊抱水波。

戰鬥結束是二十分鐘後的事。

光宣癱瘓驅魔師之後，佐伊．斯琵卡得以發揮原本的戰鬥力。這麼一來，在USNA最強魔法師部隊「STARS」裡也是最精銳的一等星級隊員的斯琵卡中尉，光她一個人就剝奪襲擊部隊約半數的戰力。

另外半數戰力也因為狂信徒指揮官被射殺而失去續戰意願。珊瑚號船員不執著於為同伴復仇而接受對方投降，所以沒造成其中一方全滅的悲慘結果。

不過，光宣與水波被人救出，是戰鬥終結又經過約一小時之後的事。

「……光宣，她的狀況怎麼樣？」

「看樣子沒有不舒服，已經睡了。看來醫生開的藥有效。」

戰鬥一結束，珊瑚號船員的上陸禁令就解除。光宣也獲准下船，水波被送進基地的醫務室。光宣好一段時間陪在水波身旁，但現在面向夜晚大海坐在碼頭。

「這樣啊……」

雷蒙德點頭之後，不知道接下來該說什麼。

「……是我的錯。」

光宣抱膝低下頭。

「明明不能讓她使用魔法……」

「不……這不是你的錯。居然會在美國基地被美國士兵襲擊，這種事不可能預測得到吧？」

「斯琵卡中尉也這麼說並且道歉了。她說這次事件是他們自己起內鬨，為了治療被波及的水波小姐，他們願意做任何事。」

光宣隱約露出自嘲的笑。

「明明早就知道治療她的方法只有一種……」

「既然這樣！」

雷蒙德拉高音量。

「已經不是猶豫的場合了吧！光宣，你做得到的！」

光宣抬起頭，和站著的雷蒙德四目相對。

雷蒙德不禁懾於他的氣勢，倒抽一口氣。

不知為何，光宣眼中有著近乎絕望的無力感。

「我不會強迫。只要她不主動要求，我就不會讓她變得和我們一樣。」

「可是，現在只能……！」

「我承諾過，不會強迫她。」

光宣輕聲說。語氣如同失去人生希望的老人。

雷蒙德只能默默佇立在原地。

◇◇◇

七月十八日，下午八點五十五分。

家裡的深雪交由莉娜保護，達也獨自造訪九重寺。

達也並不是突然找上門，他在今早十點也一度造訪這間寺廟，委託八雲仲介他和東道青波見面。雖然兩人約一週前「認真」打了一場，但達也與八雲在當時都以若無其事的態度道別。八雲在下午打電話到達也家，將時間指定在今晚九點。

達也由八雲的徒弟帶到配殿某房間等待五分鐘後，九點整，與八雲一同前來的東道青波在上位坐下。

「本日勞煩閣下撥空前來，敝人由衷致歉。」

「問候就免了。四葉達也，抬起頭吧。」

達也聽話抬頭。即使是盛夏，東波也和上次見面時一樣身穿高級西裝。

「聽說你今天有事要拜託我。不用客氣，說來聽聽吧。」

「恭敬不如從命，請容我說明。這件事也和閣下賜予敝人的抑制力職責有關，想請閣下為敝人做個安排，讓敝人離開一〇一旅並且退回特務軍官地位之後，依然能合法行使軍事力。」

達也真的毫不客氣，突然向東道提出要求。

東道不是生氣，而是感覺有趣般揚起嘴角。

「還以為你要說的是從懷亞特．柯蒂斯那裡接到的委託。」

「敝人認為當家已經和閣下談過這件事。」

「嗯……」

東道更顯愉快般注視達也。

「她確實找我談過。也順便談了艾莎・錢德拉塞卡要求協助的那件事。」

「原來您已經知道了嗎？」

面對東道的挑釁，達也面不改色巧妙帶過。

「好吧。」

東道也完全沒把達也的態度當成問題。

「如果無法自由使用你的力量，將是國防上的損失。」

東道點點頭，雙手抱胸。

「我的權限不能在當今的時代曝光，很難只針對你一個人賦予公家特權。不過……」

東道鬆開抱胸的雙手。

「如果是事後處理，我可以暗中打理讓你不被問罪。」

「可以拜託您嗎？」

「知道了。」

達也在榻榻米上叩拜。

「不過，原來你和佐伯鬧翻了嗎？」

東道俯視達也的背，以揶揄般的語氣詢問。

「敝家藏匿安潔莉娜・庫都・希爾茲，好像惹得佐伯閣下不高興。」

達也抬頭回答。

「藏匿『安吉．希利鄔斯』的不是四葉家，是你吧？」

「敝人認為……」

達也在這裡也不是使用「在下」，而是「敝人」這個第一人稱。

「她應該再也不會成為安吉．希利鄔斯了。」

「喔……」

「哇……」

不只是東道，沉默至今的八雲也發出聲音。

「不是『希望』，是『認為』嗎……？」

八雲笑嘻嘻詢問達也。

「是的。無關我的意願，應該會是這種結果吧。」

「哈哈，要是變成這樣就好了。」

八雲還在笑，但東道已經回復為正經表情。

「佐伯對於已故的九島留下情感上的芥蒂，大概也有這方面的影響吧。」

達也臉上掠過意外感。他原本推測佐伯只是在計算外交上的損益，看來事情沒這麼膚淺。

「但是對於這個國家來說，你和佐伯斷絕往來是好事。你的力量不應該放在一介武官的影響之下。」

達也這時候不知道該如何反應，只稍微低頭致意，但態度畢恭畢敬。

「我明白隱情了。」

看來對於東道來說，達也這個反應沒問題。

「如剛才所說，交戰者資格這部分交給我吧。你判斷自己需要出面的時候，就以必要的做法保護這個國家。」

「敝人謹遵您的吩咐。」

達也再度叩拜。

他的頭部上方繼續傳來東道的話語。

「懷亞特·柯蒂斯的要求，你也接受吧。雖然政治家或官僚應該不會給你好臉色看，但是協助班哲明·洛茲逃獄，剛好可以用來展現你的實力。但是可不要導致中途島監獄全毀。因為用藥過量會成為毒。」

「敝人知道了。」

看來東道認為必須在軍事上牽制ＵＳＮＡ，大概是巳燒島遇襲的事件令他心懷不悅吧。達也如此心想，維持叩拜的姿勢回應。

「救出櫻井水波的過程中，只要美軍損害不太嚴重，你可以放手去做。摧毀珍珠與赫密士環的話就太過火了，但如果是炸掉一艘航母的程度就無妨。」

「敝人會盡量和平解決。」

「這樣也好。但我有一個條件……你可以抬起頭了。」

「請問是什麼條件？」

達也一邊這麼說，一邊緩緩坐直。

東道沒賣關子，直接告知條件。

「不可以帶九島光宣回來。」

「不消滅他也沒關係嗎？」

達也在「那天晚上」聽八雲說過，東道與他的「同僚」們對於非人的妖魔抱持近乎過敏的排斥傾向。達也聽到東道說出「條件」兩個字，原本猜想是要他殲滅寄生物。

「不用。美國發生的事件，應該由美國人處理。」

「遵命。」

——換句話說，以東道的立場，只要魔性妖物從日本消失就好嗎？

達也重新如此理解。

雖然也感覺捨不得光宣的「能力」，但是達也以帶回水波為優先。東道提出的條件對他來說不必抗拒。

「關於你出國，我也會幫你打點。你不想為非法出境這種無聊的嫌疑煩心吧？」

「……謝謝閣下的好意。」

達也也沒預料到東道會幫忙到這種程度。

確實，一旦和國防軍訣別，至今不過問的違法行為可能會反過來嚴格究責。如果以本次事件來說，首先就是非法出境的問題。但是達也已經覺悟這是無法避免的風險。

「八雲。」

東道轉身叫八雲。

「達也，這個給你。」

八雲移動到達也的斜前方，從懷裡取出藍色的方綢巾。

達也收下八雲遞出的方綢巾，以眼神詢問是否可以開啟。

「你就打開看看吧。」

回應的是東道。

「是。」

包在方綢巾裡面的，是已經蓋好出境章的護照。

名義上是對ＵＳＮＡ的技術協助。主旨是達也以魔法工學技師的身分短期派遣到ＵＳＮＡ。

看到達也難掩驚訝的表情，東道與八雲露出滿意的笑。

「這是八雲的提案。就當成他先前妨礙你的賠禮收下吧。」

「當時妨礙你並非我的意願，不過，總之就是這麼回事。」

不提妨礙或賠禮之類的原委或理由，對於達也來說，這肯定是有用的物品。

達也恭敬低頭，收下兩人的「好意」。

[5]

日本時間七月十九日正午，當地時間十八日下午四點。

一架小型運輸機抵達珍珠與赫密士環礁基地。這座基地是在環礁外側建設人工地基與超大型浮台，再將基地主體蓋在上面。基地本身沒有飛機跑道，以基地所屬的航母代替。因此，在航母出擊的期間，飛船以外的航空機無法造訪基地。這架運輸機原本應該在昨天抵達，卻因為航母不在而將行程延後一天。

運輸機是新墨西哥STARS總部基地派來的。STARS總部三天前收到斯琵卡中尉的要求，協助解決運輸艦「珊瑚號」入港之後，基地拒絕船員下船的異常事態。正在檢討如何處理的時候，美軍同胞在昨天進行奇襲。收到斯琵卡求援的基地司令渥卡立刻決定派遣STARS第十一隊的凱文·安塔列斯少校與以利亞·薩魯格斯中尉（兩人都已經化為寄生物）。但是基於前述「跑道」離開基地的原因，兩人搭乘的運輸機沒能起飛。

「斯琵卡中尉，抱歉，我們來晚了。」

在基地軍人遠遠圍觀的狀況中，安塔列斯首先向來到航母甲板迎接的斯琵卡道歉。

「不，長官，很高興您前來協助。」

安塔列斯也遭到妨礙，知道這一點的斯琵卡沒有責備他。

斯琵卡自己完全沒受害也是原因之一。

「話說回來，貝格隊長與迪尼布少尉……」

「隊長與少尉戰死了。」

「……這樣啊。真可惜。」

安塔列斯和兩人的交情並沒有特別好，但即使是寄生物，同袍的死還是造成打擊吧。

經過約五秒，他才再度開口。

「所以，狀況怎麼樣？」

「珊瑚號船員半數犧牲，但倖存船員的待遇得到改善。傷患接受的看護也很完善。」

斯琵卡說到約六十人犧牲的時候，表情也幾乎不變。可能因為她原本就是這種個性，也可能是化為寄生物之後失去人性。

「知道了。」

對於珊瑚號船員的犧牲，安塔列斯表面上也不為所動。

「斯琵卡中尉，這座基地發生的問題，我可以視為已經解決了嗎？」

薩魯格斯在這時候加入對話。

「不，還有問題沒解決。」

「要對投降的奇襲部隊進行處分？」

「這件事依照軍法判決就好。」

「不然是什麼問題？」

安塔列斯插嘴催促斯琵卡回答。

「某位同族不肯加入我們的網路。」

「意思是某位同族拒絕共享意識？」

薩魯格斯面露驚訝——此外，他與斯琵卡說的「同族」是指寄生物。雙方在這方面沒有產生認知錯誤。

「這種事有可能嗎？」

薩魯格斯也是寄生物，因此難以立刻相信「同族」可以自主脫離他們的意識共享網路。

不過……

「——這是事實。但是不知道對方為什麼做得到這種事。」

再怎麼難以置信依然是事實。

「對方是誰？」

安塔列斯以嚴肅表情詢問斯琵卡。

「名為九島光宣，是日本人出身的同族。雷蒙德・克拉克帶他搭乘珊瑚號，現在滯留於這座基地。」

從斯琵卡的聲音也聽得出些許緊張。

寄生物是「一為全」。個體擁有獨立意識，在意識深層相互連結，整體共享單一意識。這是寄生物具備的種族特性。

脫離這個連結的個體，不知道會帶來何種危害。至少在寄生物自己的認知之中，它們這個種族的歷史很短，不對，也可以說沒有歷史。至今不曾發現能夠阻絕「網路」的寄生物，所以也無從探索危險性。

但是斯琵卡直覺到了。安塔列斯與薩魯格斯光是現在聽她這麼說也直覺到了。拒絕歸屬於意識網路的個體，將會威脅到它們自身的存在。

「……這個同族在哪裡？」

「同行者的身體出狀況，他正在病房陪伴。」

斯琵卡立刻回答安塔列斯的問題。她從昨天就沒和光宣接觸，卻隨時注意光宣的動向。

「這名同行者也是同族嗎？」

「不，這名少女是人類。」

「同族和人類少女逃到這裡嗎……感覺有某些隱情。」

「關於九島光宣的隱情，雷蒙德・克拉克肯定知道。」

「也對……不，這件事晚點處理，先和那位九島光宣接觸看看吧。」

安塔列斯這番話使得斯琵卡表情一沉。

「九島光宣刻意阻絕意識網路。由此看來，我認為要說服他並不容易。」

「我知道。應對的時候稍微擦槍走火也是難免的。貴官早就知道這一點，才會靜觀其變直到我們抵達吧？」

「是的，少校。」

安塔列斯與薩魯格斯還是人類的時候擅長精神干涉系魔法。這份技能在成為寄生物之後也沒打折扣，威力反而提升。

斯琵卡猜測兩人的精神干涉系魔法或許能瓦解光宣的精神防壁。

安塔列斯與默默點頭的薩魯格斯也打算這麼做。

◇ ◇ ◇

七月十九日下午一點，達也造訪霞浦基地的一〇一旅司令部，回應旅團的電話傳喚。

今天早上九點打電話來的是藤林響子。響子與達也都是以公事公辦的語氣對話，但是達也的態度沒冷淡到不必要的程度。他還沒聽說真夜正在延攬響子，卻知道兩人在九島烈喪禮結束之後轉移陣地談事情。達也推測應該是以某種方式平息藤林長正妨礙他追蹤的那段風波。

只不過，這件事本身並非達也回應佐伯傳喚的原因。他認為這是釐清自身立場的大好機會，來到旅團司令部「談判」。

「特尉，歡迎你來。」

佐伯少將露出假惺惺的笑容迎接達也，達也不是敬禮，而是點頭問候。他不是穿軍服也沒戴帽子，所以以禮節來說沒錯。但是以往按照（錯誤的）慣例舉手敬禮的達也這樣問候，在佐伯身旁待命的風間不免覺得突兀。

或許佐伯也已經察覺達也的態度和以往不同。但她決定按照預定準備進行偵訊。

「佐伯閣下，這個地位，我現在退回給您。」

不過，達也搶先點燃導火線。

「——這是什麼意思？」

聽到佐伯這麼問，達也從夏季外套內袋取出長方形信封。

放在桌上的信封寫著「退役申告書」。

「我……」

達也使用的第一人稱，使得風間冒出更勝於剛才的突兀感。但他也知道現在不是在意這種事的場合。

「不是正規軍人，或許不必繳交文件，不過這是我的意志。」

佐伯收起表情看向退役申告書的信封，就這麼回應「我不受理」。

「閣下，這不是『退役申請書』，是『退役申告書』。說起來，我被任命為特尉階級的時候沒有規定服役年數，什麼時候離職肯定是我的自由。」

「就算這麼說，你以為『我討厭這份工作，所以要立刻離職』的說法在這個社會管用嗎？」

「如果要拿社會觀念當問題……」

面對盡顯煩躁的佐伯，達也以故做正經的表情反駁。

「強迫未成年人從軍，我覺得比較違反社會觀念吧？」

「——！」

達也的刁鑽論點對佐伯造成一定的效果。

「……你忘記自己是誰了嗎？你是戰略級魔法師。不被允許擅自離開軍隊。」

「為什麼？」

「哪有為什麼……匹敵戰略兵器的破壞能力，國家不可能放任不管。你肯定是個聰明人，不會連我重新說明一次都聽不懂。」

佐伯逐漸「無法隱藏」煩躁情緒。

反觀達也逐漸「不再隱藏」冰冷表情。

「管制戰略級魔法的不是國家，是政府。」

「……這有什麼差別？」

「政府堅持兵器必須歸為自己所有。國家著重於將兵器用在自己的利益。」

「如何使用武器才能為國家帶來利益，是由政府決定的。」

「『一般來說』是如此。」

達也很乾脆地認同佐伯的說法——帶點保留。

「至少，『戰略』兵器的使用方式是由政治家決定，不是軍人。」

佐伯的臉稍微發紅。不是因為羞恥，是反映內心的憤怒。

「你暗指我是無視於文人領軍的軍事獨裁者嗎？」

「這是一般論點。而且說到一般論點，軍事力並非屬於單一個人。單人軍事力匹敵戰略兵器的戰略級魔法師，是無法套用一般論點的特殊存在。」

「——意思是你覺得自己應該受到特別待遇？」

佐伯以嘲諷語氣詢問。

「不是特別，是特殊。」

達也沒中了她的挑釁。他的情感原本就設置上限。這就像是施加在達也身上的詛咒，在這種場合卻運用為他的武器。

「從好的方向與壞的方向來說，都不能套用一般的基準。戰略級魔法師這種特殊的存在不適用於一般論點。即使沒擁有我這個人，我的魔法也能成為國防的助力。反過來說，即使束縛我這個人，我也不一定會為了國家使用魔法——請勿忘記洗腦有損魔法技能的事實。」

只有最後一句話，達也是以諷刺的語氣補充。

「……如果戰略級魔法師使用能力，要有政府以外的人為結果負起責任。司波達也，你已經將戰略級魔法用在他國的領土。你要和國防軍斷絕關係，獨自背負那場大破壞的責任嗎？」

「在西元二〇九五年十月三十一日的時間點，我是特務軍官，當時是依照國防軍的命令攻擊大亞聯合艦隊。無視於時間軸的論點是詭辯。這種程度的道理，我想聰明的佐伯少將閣下應該不必聽我多說。」

無須達也指摘，佐伯自己也知道這種說法很牽強。

「我不是說過去，是在說未來的事！」

她說得有點語無倫次。

佐伯立刻察覺說得不夠詳細，在受到達也指摘之前，加快說話速度繼續反駁。

「你剛才說你即使不屬於政府，也會為了國家使用戰略級魔法對吧？我在問你是否要獨自為了這麼做的結果負起責任。」

「閣下，順序顛倒了。為了國家使用戰略級魔法質量爆散的時候，是在國家——政府允諾會負起責任之後使用。我沒那麼好心，不會以我個人代替國家承擔責任。」

佐伯瞪向達也。

就只是瞪視，說不出反駁達也的話語。

如果場中有辯論比賽的裁判，肯定會宣布達也獲勝。

「至今大約五年的時間，受您照顧了。」

達也不是為了駁倒佐伯而來到這裡。老實說，剛才的論戰對他而言只是白費唇舌。如果佐伯率直收下退役申告書就不必這麼做。

不過達也當然也不認為佐伯會面帶笑容准許他離開軍隊。

「——風間少校，逮捕『大黑特尉』。」

正如達也的預測，佐伯對風間如此下令。

達也打從一開始就認為佐伯會這麼做。

「隊長。」

首先對佐伯這道命令起反應的不是風間。

柳少校向毫無動作的直屬長官請求命令。

「——柳，動手。」

風間一聲令下，柳少校與他底下的官兵（士官與士兵）行動了。

這裡是狹小的室內，無法使用強大的魔法。

不，達也也可以選擇破壞這個房間逃離。但是柳他們獨立魔裝大隊的隊員，不得不擔心出手太重會造成所屬旅團最高司令官的辦公室受損，殃及辦公室主人佐伯少將的可能性。他們襲擊達也的時候只使用控制自身肉體的魔法，以及藉由接觸進行攻擊的魔法。

兵員人數包括柳共四人。風間還沒採取行動。

打出第一招的是柳。

他右腳往前踏，右手伸直往前打。

比起一般攻擊心窩的打法，柳的「順突」多了一個拳頭的長度，達也沒能完全躲開，以左手手掌擋下。

柳的右拳壓向達也左手。

這股力道精準朝向達也的重心軸，無法往右邊或左邊卸力。

達也朝左手使力，避免腹部完全被按住。

右拳與左手就這麼相互推壓，達也與柳停止動作。

此時柳的部下從兩側襲擊。

達也以移動魔法維持現在的姿勢後退。

柳右腳不動，這次是左腳往前踏，左手伸直往前打。

達也躲不過這記掌打。

也沒防禦，以身體接招。

柳的左手心陷入達也的右側腹。手掌傳來的觸感令柳蹙眉。

肋骨折斷的觸感。

柳的掌打造成達也骨折。

柳沒料想到自己的攻擊這麼輕易得手。

因此，柳的反應慢了一步。

這段停滯短暫到等同於一瞬間。但在不到半秒的這段時間，達也的右手打中柳的臉部。

沒從腰部使力，只以手勁使出的掌打。

本應只是牽制的這一掌卻令柳一陣踉蹌，單腳跪地。

真相是來自閃憶演算的移動魔法。

達也以魔法驅動自己的右手，賞了柳這一招。

這是局部模仿十三束鋼的拿手魔法「自控傀儡」。達也無法完全模仿「自控傀儡」，只限定右手臂重現這個魔法。

柳的右手離開達也身體的同時，達也的骨折變成沒發生過。是利用「重組」的自我修復。

消除傷害的達也，為了追擊柳向前踏步。

但他不得不中斷追擊。

柳的部下，三名士官兵從三個方向同時襲擊達也。

他們是柳在獨立魔裝大隊特別鍛鍊格鬥戰能力的小隊隊員。即使是達也，三對一也是屈區下風。在完全被包圍之前，達也縱身一跳，降落在門前。

達也背對司令官室出入口的門站立。

「別讓他跑了！」

從打擊中回復的柳朝部下大喊，自己也起身蹬地。

佐伯操作辦公桌的控制台，大概是遙控將門上鎖了。

門是往外開的，看起來是木門，其實是以木製拼板裝飾表面的特殊鋼板門。

達也沒朝門把伸手。

而是主動衝向進逼過來的柳。

柳的右手按在達也胸口。

達也的右手按在柳胸口。

不是如同照鏡子，是如同在攝影同時投射的立體影像般，兩人以完全相同的架式使出相同的招式。

振動波從掌心注入對方心臟。這是使用振動系魔法的格鬥戰技。

威力是柳獲勝。

但是效果沒有顯著差異。

兩人頓時腿軟。

柳就這麼雙腳跪地。

達也沒倒下，回復為原本的姿勢。他使用「重組」將傷害當成沒出現過。

柳除了雙腳，左手也撐在地面，右手按著胸口，額頭冒出冷汗，他的部下則是瞠目結舌佇立在原地。達也從他們身旁經過，走到房間深處。

走向佐伯的辦公桌。

達也視野受阻。

風間擋在他的前方。

達也不知道風間是什麼時候行動的。

達也沒停止，而是選擇前進。

達也與風間交錯。

達也的身體飛上半空中。

達也重摔在佐伯的辦公桌。不是摔在桌面，而是桌子前方。他的身體滾落地面。

風間沒回頭。

達也若無其事面向風間起身。

「……不惜受創也要重創對手嗎？」

風間說。

「不，剛才是兩敗俱傷。只是我有消除傷害的手段，這是差異所在。」

達也使用單純告知事實的語氣回應。

仔細看會發現風間雙腿微微顫抖。他拚命支撐著差點倒下的身體。

達也在剛才被摔出去的瞬間，以被抓住的手臂為施力點，注入振動波。

比起使用在柳身上的振動魔法來得強力許多。即使使用閃憶演算，也不是瞬間就能完成這個魔法的發動程序。若要這麼做，會來不及在被摔的時候採取防護措施。正因為達也擁有自動運作的自我修復能力才做得到這種事。

達也轉過身來，將手伸向佐伯。

佐伯情急之下，朝著暗藏手槍的抽屜伸手。

達也的手來到辦公桌上的控制台。

事態出乎意料，佐伯僵在原地。

達也解除門鎖之後翻身背對。

「原來你打贏師父不是僥倖嗎？」

達也走向門口的時候，風間從後方搭話。

「那場是我輸。我還打不贏師父。」

達也一邊回應，一邊經過柳的身旁。

柳沒動。不，他動不了。

達也離開司令官室。

門關上的同時，風間單腳跪地，兩名部下跑向他，另一名部下跑向柳。

達也離開約兩分鐘之後。

風間調整好呼吸起身。

「帶柳少校去醫務室。」

「是！」

柳率直以部下的肩膀支撐身體，離開司令官室。

「你也下去吧。」

「遵命。」

唯一留下來的士官，風間也命令他退下。司令官室如今只有佐伯與風間兩人。

「……中校，你沒拿出真本事吧？」

佐伯以詢問的形式責備風間。

「下官沒放水。」

佐伯指摘風間沒拿出真本事，風間對此沒有否定。不殺害對方，也不破壞建築物與裝潢。在這種條件之下無法拿出「真本事」。柳與達也在這方面也一樣。

基於和對手相同的條件，風間以「可容許範圍內的全力」試著壓制達也，結果是他敗北。說出「沒能拿出真本事」這種不服輸的話語，對於風間來說是可恥的醜態。同時，他沒能遂行命令也是事實。對於長官的責難，他不打算繼續反駁。

「……既然被他逃走就沒辦法了。這邊申請不到逮捕令，所以今後要強化監視，至少要阻止他偷渡出境。」

佐伯也知道，現在責備風間也只算是發牢騷。她像是告誡自己般這麼說完，不再追究這次的事件。

「謝謝。話說閣下，今後要怎麼做？」

風間放在辦公桌上的東西，是達也剛才撞到桌子之後落地的「退役申告書」。

佐伯拿起這個信封，默默放進桌旁的碎紙機。

「可以嗎？」

「如他本人所說，他不是正規軍官，在國防軍本來就沒有正式軍籍，所以退役申告書本身毫無意義。」

「那麼，關於達也退回軍階這件事，您打算不予理會？」

「不。從今天起，我要基於特務規則刪除『大黑龍也特尉』的軍籍資料。」

佐伯的決定令風間感到意外。他再度使用「可以嗎？」這句話確認長官的真意。

「沒有忠誠心的士兵，留下來也只是禍害。既然他說不需要軍方後盾，那就如他所願吧。」

佐伯這番話不是出自她對達也的貼心。她的聲音像是隨時會憤怒到顫抖。

◇ ◇ ◇

西北夏威夷群島珍珠與赫密士環礁美軍基地，當地時間十八日下午八點。

光宣在水波的病房。太陽完全下山，但房內沒開燈。這是為了避免干擾到睡眠的水波。

她並不是從昨天一直睡到現在，但是清醒的時間短很多。魔法演算領域過熱，比起體力更消耗精力。意識失去活力，因而無法維持清醒狀態。

這座基地也有軍醫，但光宣不期待醫生的治療。不是醫療技術的問題。是因為他早就知道現代醫學無法治療水波的疾病。

存在於潛意識領域，用來建構魔法的精神機能——魔法演算領域，和人類具備的其他能力一樣存在著可處理的極限。要是持續處理超過這個極限的要求，不只是魔法演算領域這個精神機能會受損，障礙會從精神整體波及到肉體，最後造成死亡。為了防止這種後果，魔法演算領域有個安全閥，在處理程序超越能力極限的時候使其停止。

但是，如同肉體偶爾會發揮超越耐久力極限的力量，魔法演算領域也可能在瞬間進行超越極限的處理。要是安全閥在這時候毀損到無法回復，就很容易引起魔法演算領域處理過度，也就是過熱。這是侵蝕水波的疾病真面目。

位於精神潛意識領域的魔法演算領域，對於魔法師或寄生物來說，至今依然是個黑盒子。現階段不可能修復這個機構。魔法演算領域安全閥破損的魔法師若要避免過熱減壽，唯一的做法是禁用魔法。

但是水波使用了魔法。而且是使用強力魔法，換句話說是對自己造成強大負擔的魔法。當著光宣的面使用了。

（如果人類的身心無法承受魔法的行使，只能轉變成更適於魔法，人類以外的存在……）

光宣認為這是唯一的正確答案。他再怎麼絞盡腦汁也想不出其他的解決之道。

（這樣下去，水波小姐會……）

只能將水波轉變為寄生物了。某個聲音在光宣內心呢喃。這絕對不是共享意識的其他寄生物聲音，是不希望水波死去，光宣自身的聲音。

但是另一方面，光宣內心的某個自己責問是否要違背先前和水波的約定，也有一個自己在進行最後的掙扎，詢問是否真的沒有其他方法。

已經得出答案。任何治療都只能成為應急處置。即使從現在起封鎖魔法，也不會改善現在的症狀。

除了成為寄生物，沒有最終的解決之道。

（是我害她使用了魔法。）

（如果我當時更仔細觀察周圍，就不會讓水波小姐使用魔法。）

光宣在水波熟睡的床邊低著頭自責。

（我該怎麼做……）

在夜晚帶來的黑暗中，光宣苦惱抱頭。

忽然間，他抬起頭。

不是在自己內心得出答案。

身為魔法師的知覺通知他狀況有異。

（好黑……不是普通的黑暗。）

黑暗的性質在改變。

並非只是沒有光。

至少直到一秒前，房內即使沒開燈也不是完全的漆黑。

門縫透出走廊的燈光，因此病床與躺在床上水波都朦朧可見。

但是現在什麼都看不見。

圍繞光宣的一切都沉入黑暗。

不，是他被黑暗吞噬。

（——認知阻礙魔法嗎？）

光宣直覺認為這股黑暗是針對他的魔法攻擊。

光宣以「精靈之眼」試著看清敵方的真面目。

但是「看」不見。不只是不知道敵方的真面目，連魔法層面的視力都被黑暗阻絕。

（深及精神……不對，不是這樣。是從精神次元隔絕敵方知覺的魔法嗎？）

光宣不顯窘迫，他擁有知識——九島家的知識與周公瑾的知識。光宣還知道隔絕五感的魔法與阻礙非五感知覺的魔法。他使用的「扮裝行列」是同時欺騙五感與非五感的魔法。

（只是將「眼」封鎖，沒有其他的危害。）

摧毀對方的偵查能力之後，應該不會就此收手吧。光宣架設對抗精神干涉魔法的防壁，觀察敵人如何出招。

不必等待太久。

黑暗中響起聲音。不是震破鼓膜的巨大聲響，卻是強行滲透到意識內部的粗暴聲音。

這股聲音不是明確的話語。不是日語、英語或任何國家的語言。

這是直接傳達意味的「聲響」。

『聽吧……！』

這個聲音聽起來像是這麼訴說。

『不准拒絕……！』

這個聲音聽起來也像是這麼訴說。

不過究竟要聽什麼？不准拒絕什麼？

光宣不是受到魔法強制，而是被激發好奇心，傾聽這個聲音。

由於主動集中注意力，所以傳達過來的意味（意念）更加具體。

『聽我的聲音吧！』『聽我們的聲音吧！』

一為全。這個聲音來自單一個體，也來自複數個體。

光是這樣，光宣就明白這個聲音來自寄生物。

『不准拒絕我的意識！』『不准拒絕我們的意識！』

光宣以魔法防壁拒絕和寄生物的集團意識同化。他應用九島家為了讓寄生人偶聽話而研發的魔法，對自己內心也存在的寄生物集團意識下令「不准進入」。

這個聲音試著強迫光宣解除該魔法。

（術士有兩人。）

寄生物的意識具備集團性質，除了這個事實，使用精神干涉魔法攻擊光宣的魔法師也不是單獨行動，而是兩人合作，光宣從魔法波動得知這一點。雖然「眼」無法使用，但他以「觸感」解讀出使用在他身上的魔法性質。

（精神操作……看來這是類似強力催眠術的魔法。）

對於試著操縱他意識的這個魔法，光宣是如此分析的。

（一人封鎖「眼」，另一人施加暗示。）

也可以就這麼摸索方法反擊。

（首先讓這股「黑暗」失效！）

但是為了今後著想，他決定完全破解敵方魔法，展現實力差距。

光宣選擇的魔法是「扮裝行列」。這個魔法原本是用來避免被敵人捕捉蹤跡，但即使已經受困在對方製造的「黑暗」之中，光宣也毫不猶豫使用「扮裝行列」。

（只要對手不是達也！）

即使在敵方掌控之中，只要對手不是達也，光宣有自信能以自己的「扮裝行列」隱匿行蹤。

這並非他自以為是。

◇　◇　◇

「唔？」

「動了？」

珍珠與赫密士環礁基地的某房間內，兩名男性同時發出聲音。

前者是凱文・安塔列斯少校，後者是以利亞・薩魯格斯中尉的聲音。

安塔列斯少校是STARS第十一隊的隊長，薩魯格斯中尉是同隊的一等星級隊員。兩人都是擅長精神干涉系魔法的魔法師，經由「繼發傳染」從人類變成寄生物。

即使成為寄生物，拿手的魔法也沒變，拿手魔法甚至出現特化傾向。

安塔列斯擅長對複數人的精神產生單一作用的魔法，薩魯格斯擅長鎖定一人為目標進行強力精神攻擊的魔法。

將光宣精神封閉在「黑暗」的魔法是安塔列斯的「倪克斯（Nyx）」。干涉精神的知覺機能，製造幻覺領域阻絕視覺情報與聽覺情報，可以說是安塔列斯的王牌魔法。

被這個領域捕捉到的對象，會陷入看也看不見、聽也聽不到的狀態。效果不侷限於肉體取得的視覺與聽覺，遍及精神認知為視覺或聽覺的所有情報。結果就是魔法師甚至無法認知到視覺捕捉的情報體情報與聽覺捕捉的想子波動情報。不只五感，第六感以上的知覺都「被黑暗籠罩」。

安塔列斯以這個魔法封鎖光宣的遠距離瞄準，不讓他使出魔法反擊，在確保安全的狀態由薩魯格斯破壞光宣的精神防壁，這就是兩人的作戰。

正如他們的計畫，光宣沒反擊。

然而，本應無法離開同行少女身邊的光宣，居然走出病房開始在走廊高速移動。至少安塔列斯與薩魯格斯的魔法知覺看起來是如此。

難以想像光宣將同行的少女拋棄。

安塔列斯的「倪克斯」不是以單一個體為目標，是將對象設定為物理區域，將區域內部複數個體吞噬的魔法。光宣大概是察覺該魔法的性質，企圖先離開魔法設定區域，讓魔法的遠距離瞄準能力回復，再找出對他施加精神攻擊的魔法師展開反擊吧——安塔列斯如此解釋光宣的行動。

「追隨目標對象。」

為了避免部下暴露在危險之中，安塔列斯讓「倪克斯」的幻覺領域跟著光宣移動。

「收到，隊長。」

薩魯格斯也將「正在移動的光宣」設為魔法標靶追蹤。

◇◇◇

光宣發動「扮裝行列」之後，魔法黑暗隨即消失，回復為夜晚的黑暗。

並不是打造黑暗的魔法中斷，是魔法產生作用的區域離開光宣，不再從精神層面剝奪他的知覺。光宣待在原地不動，就這麼移動自己的位置情報。敵人也追著情報顯示的光宣，移動魔法的準心座標。

這麼快的反應速度，顯示敵方身為魔法師的造詣高深。

正因為造詣高深，所以中了光宣的道。正如他的計算。

接著光宣使出超越空間，以想子光做為媒介的精神干涉系魔法。

魔法名為「佛波斯(Phobos)」。這個魔法是將想子光設為能夠引發恐懼心境的色彩，直接打在對方的魔法視覺。也有一種無須媒介直接注入恐懼心象的魔法叫做「得摩斯(Deimos)」，但是這個魔法目前不在光宣的選擇範圍。

「佛波斯」沒有致命效果。但是中了這個魔法的人會無視於內心抗性陷入強烈的恐懼，精神顯著衰弱。接受訓練提升恐懼抗性的人也無法逃離「佛波斯」帶來的恐懼。因為再怎麼想克制恐懼，恐懼本身依然會從自己內心深處湧現。

發動「佛波斯」之後，光宣首先得知，直到他發動「扮裝行列」都在攻擊精神防壁的「聲音」魔法中斷了。接著光宣觀測到，封鎖他的「黑暗」消滅了。兩個魔法都早就不對光宣造成任何影響。對於光宣來說，只不過是術士無法繼續讓魔法作用在他以「扮裝行列」創造的分身罷了。

◇　◇　◇

「安塔列斯少校！您怎麼了？薩魯格斯中尉也是，究竟發生了什麼事？」

兩人在椅背放低的椅子上劇烈扭動，連同所坐的椅子倒在地上。斯琵卡中尉見狀以不知所措的聲音詢問。在她眼中，兩人只像是痙攣症狀突然發作。

「剛才那是……『佛波斯』嗎？」

先起身的安塔列斯一邊呻吟一邊低語。

「……隊長，我也這麼認為。」

薩魯格斯單手按著頭痛苦搖頭，同意安塔列斯這句話。

「是九島光宣的精神干涉攻擊嗎？」

斯琵卡這句喊叫也包含「到底是怎麼做的？」這個疑問。想對肉眼看不見的對象使用魔法，必須在情報次元捕捉到目標的「身影」。尤其「佛波斯」這個魔法要將想子光直接照射對方才能成立。直接注入恐懼心象的「得摩斯」暫且不提，如果要以「佛波斯」進行遠程攻擊，必須經由情報次元正確掌握目標的座標。在「倪克斯」阻礙視覺的狀態做不到這種事。

『安塔列斯少校、薩魯格斯中尉，以及斯琵卡中尉。』

此時，幾乎要震破頭顱般強烈（不是「響亮」）的意念通話傳入三人的意識。

『九島先生，什麼事？』

斯琵卡板著臉回應。她判斷與其由直到剛才攻擊光宣的安塔列斯或薩魯格斯回應，由她回應比較好。

『我想雷蒙德也在聽，所以我只說一次。我沒意願接受你們的支配。』

斯琵卡心臟震了一下。她所畏懼，安塔列斯也同樣懷抱的擔憂，正是這個可能性。他們無法連結光宣的意識。無法連結就代表無法干涉。但光宣可以連結他們的意識。只要光宣有心，可以在斯琵卡沒察覺的狀況下，對她的意識動手腳。

這始終只是「理論上做得到」，實際上並不確定單一寄生物是否能統治所有寄生物。但是對於USNA軍人的斯琵卡他們來說，絕對不能忽略被日本人光宣統治的可能性。

『所以今後不准再嘗試干涉我的心。我不會支配任何人，也不會被任何人支配。』

『……知道了。』

回應光宣的是安塔列斯。

『我們再也不會做出這種事。我為剛才的冒犯謝罪。』

『我接受謝罪。我也要為下手過重道歉。』

光宣的意念通話到這裡結束。

「下手過重嗎……」

安塔列斯不悅低語。

他的語氣以及一旁聆聽的薩魯格斯表情，都透露出敗北感。

〔6〕

七月二十日，星期六。今天是第一學期最後一天，但達也今天也不打算上學。就算這麼說，他也沒有賴床到日正當中。上午六點半，達也一如往常和深雪以及（最近才成為日常的）莉娜共三人同桌吃早餐。

「哥哥，請用。」

明明快上學了，但深雪在達也吃完早餐之後送上親手泡的咖啡。

達也回應「謝謝」接過杯子，立刻送到自己的嘴邊。

「好喝。接下來暫時喝不到深雪泡的咖啡真難受。」

聽到達也這句話，回座的深雪落寞低頭。

莉娜預測達也要說的下一句話，不由得端正坐姿。

「今天按照預定，我會從巳燒島前往西北夏威夷群島。」

參議院議員懷亞特．柯蒂斯約定安排驅逐艦前往巳燒島的時間是今天下午。雖然在那之後沒和柯蒂斯連絡，不過只要他提供的行程表沒出問題，驅逐艦將在今晚航向中途島以及珍珠與赫密士環礁。

「……是。」

深雪的聲音聽起來有點難過。不只是忍不住寂寞，也在擔心達也吧。

「莉娜，我不在的時候，深雪麻煩妳了。」

達也同樣擔心深雪。

「嗯，交給我吧。相對的，達也，班的事拜託你了。」

達也委託莉娜保護深雪，莉娜拜託達也救出卡諾普斯。至今數度說好的約定之所以在此時此地重新確認一次，是因為達也在上午——在兩人從學校返家之前，就要出發前往巳燒島。

「卡諾普斯的事以及水波的事，都交給我吧。」

「好的……哥哥，拜託您了。」

◇◇◇

巳燒島，下午兩點。

達也站在島嶼東北岸剛完工的港口碼頭看海。雖然藏在水平線後方看不見，不過他雙眼朝向的遠方，USNA的直升機驅逐艦「馬休．C．培里號」肯定停泊在鄰接區。達也從警備隊那裡聽到這個消息（警備隊是收到驅逐艦艦長的通訊得知）之後來到碼頭。

「馬休・C・培里號」是懷亞特・柯蒂斯在三天前允諾安排給達也的驅逐艦。派遣的船艦是以率領「黑船」逼日本開國的海軍將領為名，應該沒有特別的含意。

達也站在碼頭並不是為了欣賞這艘本應看不見的軍艦。一艘快艇正在他右邊進行出港準備。他預定搭乘這艘船前往驅逐艦。

「司波先生，準備完畢了。」

在盛夏陽光底下等待五分多鐘之後，船長來通知達也。雖說是快艇，卻不是全長十到二十公尺的遊艇，是全長五十公尺，乘員二十人，原本當成警備艇建造的船。明明有二十名船員卻由船長特地前來通知，反映達也在這座島上的立場。

不只因為達也是四葉家直系，是下任當家的未婚夫。他更是這座島所建設恆心爐設施的核心人物。除此之外，寄生物部隊在這個月上旬攻打這座島的時候，達也輕鬆除掉該部隊的主戰力，當時位於這座島的人們都知道他的實力。雖然不一定所有人都對達也抱持敬意，卻已經沒人敢瞧不起他。

「雖然是危險的航行，不過請多關照。」

達也向船長低頭。

「我知道。雖然距離很短，但我會吩咐所有船員切勿大意。」

船長敬禮回應達也。但他大概沒有正確理解達也「危險航行」這句話所表達的意思。肯定認為只是駕駛非武裝船隻接近到他國軍艦旁邊的普通危險。

達也在這裡也沒詳細說明，再度低頭致意之後搭乘快艇「落陽丸」。

達也預先以東道所準備，八雲拿給他的護照辦好出境手續。正確來說，在他收下護照的時候就已經完成法定手續。名義是「別名托拉斯・西爾弗的司波達也前往USNA提供技術合作」。如果達也參加狄俄涅計畫，大概會使用這種形式吧。這次當然和狄俄涅計畫無關。是要將核融合爐的相關技術提供給同盟國USNA。

驅逐艦「馬休・C・培里號」表面上是派來護衛重要的技術合作者。依照渡航計畫，達也搭乘的快艇會和USNA的驅逐艦朝東方併行，快到接近日本海溝的時候，達也就會轉搭「馬休・C・培里號」。

由於得到東道青波的協助，達也的出航在文件上打點得毫無問題。文件記載的目的與目的地都是假的，所以在法律上問題很大，不過事後才會有人發現。現階段沒有證據能以未遂罪起訴。

雖然這麼說，但海巡隊在領海進行臨檢，屬於警備艦的權限範圍。警備艦「粟國號」為了臨檢而命令「落陽丸」停船，表面上並不奇怪。

驅逐艦「馬休・C・培里號」停泊在以巳燒島海岸線為基準的領海外緣。海巡隊命令「落陽丸」停船的位置，是緊貼著領海與鄰接區界線的內側。而且警備艦「粟國號」接近過來的航線是從西側插入「馬休・C・培里號」與「落陽丸」之間。

達也在「落陽丸」的甲板上注視「粟國號」接近。

「司波先生，甲板上很危險。您回到艙室比較好……」

船長從後方接近達也這麼說。這句話不只是字面，語氣聽起來也在擔心。

風浪確實有點大。颱風正從小笠原群島西方北上，應該是這方面的影響。雖然沒有大幅搖晃到失去平衡，但是在船長眼中，達也是「大海的外行人」，難免擔心發生什麼萬一。

「知道了。」

在這裡額外造成船長的心理負擔也沒用。達也乖乖遵從他的指示。

達也分配到的艙室在左舷。警備艦是從北上的「落陽丸」西側，也就是左舷方向接近，所以從窗戶看得見接近的樣子。

只不過，即使艙室在右舷，達也還是可以自由觀察吧。他在甲板上視認「粟國號」之後，就一直以「眼」追蹤這艘警備艦的情報。

達也以肉眼與「精靈之眼」確認警備艦毫不減速撞過來。

（……要說偶然也太剛好了。這個房間的位置已經從「本家」洩漏了嗎？）

達也不甚慌張，如此心想。

警備艦「粟國號」的艦首筆直往達也的艙室撞過來。

達也「什麼都沒做」，只是看著這一幕。

警備艦的艦首插入「落陽丸」的左舷，位置正好是達也的艙室區域。

反艦飛彈與高速大型魚雷迅速發展，使得戰艦的重裝甲失去意義。這個世紀的軍事艦艇只包覆必要最底限的裝甲，防禦層面倚賴對空砲擊、魚雷迎擊、隱密性與機動力。

但是海巡隊艦艇對付的並非反艦攻擊機、潛艦或無人魚雷艇，是以小型槍砲武裝的非法入境船團、特務船或海盜。遭受強烈攻擊的危險性不高，相對背負的風險在於要是先發制人擊沉對方船隻，會遭受人權團體的國際性批判。

如果對方是偽裝成難民的軍事組織特務船，這種批判完全是莫須有的罪名，卻往往會在外交上造成不容忽視的傷害。只要無法證實對方不是難民，就難以下定決心攻擊。

為此，警備艦艇從某個時間點，改成和純軍事艦艇反其道而行，搭載堅固的裝甲藉以承受機關砲與單兵火箭筒的先制攻擊，或是可疑船隻惱羞成怒的衝撞攻擊。反過來說，警備艦艇的船身堅固到可以撞沉其他船。雖然終究沒具備「撞角」這種走錯時代的裝置，但是現代的海巡艦艇經常在封鎖可疑船隻的逃走路線之後故意衝撞，逼得對方無法航行。

不過「落陽丸」已經停船。「粟國號」不是封鎖逃走路線，而是主動撞向停止的船隻，警備艦不該這麼做。

「落陽丸」原本是要當成警備艇而著手建造，卻在中途決定改為民用船的階段省略裝甲。被裝甲堅固的警備艦狠狠一撞，船身不可能受得了。

「粟國號」艦首陷入的左舷，龜裂開始擴大。最初撞出洞的位置在吃水線以上，但是龜裂已經擴大到吃水線以下。就任何人看來，「落陽丸」都已經無法避免沉沒。不只是沉沒，船身斷成兩截想必也只是時間問題。

在五、六百公尺的前方，ＵＳＮＡ驅逐艦正在起錨。應該是要前來救助「落陽丸」的機組員吧。已燒島那邊的海防艦艇接連出港。

另一方面，對「落陽丸」造成致命傷的「粟國號」，正要倒退離開「落陽丸」。「粟國號」是以衝撞為前提的裝甲艦，在體積方面，相較於全長五十公尺的「落陽丸」，「粟國號」全長是八十公尺，支撐內部的骨架也相對更粗、更厚又堅固。只從表面來看，「粟國號」沒有明顯的損傷。

以常識來說，「粟國號」在拉開距離之後，肯定也會參與救助工作。

如果這場衝撞是意外。

但是警備艦「粟國號」即使最靠近身穿救生衣浮在海面的人們，卻沒要救起他們。即使已經和「落陽丸」距離約五十公尺也沒停止後退。不只如此，「粟國號」的小型機關砲還瞄準了「落陽丸」。

雖說是小型，口徑卻比戰機規格還大的機關砲破壞力，用在「落陽丸」這種程度的小型民用船綽綽有餘。如果船上留著來不及逃走的人，這將是取人性命的行為。

噴出火焰了——不是從砲口，是從機關砲的基座。

預先裝填的彈藥一齊爆炸。

接近過來的直升機上，一名青年探出上半身。

輕便服裝加上清爽髮型的這名青年，左手抓住上方門框支撐身體，右手握著像是手槍的物體向前伸直。

這名青年叫做堤奏太。四葉分家新發田家下任當家新發田勝成的守護者，調整體「樂師系列」的第二世代。

奏太扣下右手所握手槍造型CAD的扳機。以手槍來說是槍口位置的CAD前端，從前方三十公分處的空間產生量子化的超音波熱線直指警備艦。

振動系魔法「聲子邁射」。發射超音波熱線的這個魔法，造成機關砲的彈藥燃燒爆炸。

直升機從警備艦前方橫越，機上發射的「聲子邁射」，炸毀剩下的另一門機關砲。警備艦開始掉頭。放棄擊沉「落陽丸」並且準備逃走。

部署在巳燒島的四葉家魔法師，當然不可能放過「粟國號」。

前後式雙旋翼的運輸直升機從西方接近「粟國號」，將兵員放到船上。四葉分家新發田家的魔法師們降落在警備艦的甲板上，開始鎮壓船內。

但是這麼做並不能阻止「落陽丸」沉沒。

逐漸沉沒的快艇周圍，海防艦艇與驅逐艦「馬休．C．培里號」放下救生艇，努力展開救助行動。

◇　◇　◇

達也如今以魔法工學技師的身分廣為人知。許多媒體報導他成為海上恐攻犧牲者的消息。

海防警察獲得巳燒島警備隊的協助進行調查得知，襲擊快艇「落陽丸」的警備艦「粟國號」被國防海軍內部的反魔法主義激進派占據。依照媒體報導，警備艦「粟國號」的反魔法主義者，供稱要將達也連同「落陽丸」的機組員暗殺。

至於達也是在「落陽丸」沉沒的五分鐘後，在身上衣物沾滿血的狀態從海中打撈上船。他立刻被送到巳燒島的醫院，進入加護病房。

得知達也受傷的深雪，在事發一小時後抵達醫院。深雪隔著加護病房窗戶看見達也躺在治療艙之後痛哭癱坐在地，看見這段影像的人們無不潸然淚下。

同時，對於不只偷拍她悲痛樣貌還公然播放的各大媒體，世人也強烈譴責過於冷血。

◇　◇　◇

七月二十日，晚上九點。

巳燒島的地下有一座堪稱地底港的祕密設施，可以躲過偵察衛星或對流層平台的監視出海。

現在，毫髮無傷的達也穿著飛行裝甲服「解放裝甲」站在港口的水邊。

對於知道達也真正能力的人來說，肯定沒什麼好意外的。他天生能使用的兩種魔法之一「重組」，無論對象是自己還是他人，無論是不是生物，都能將所有損傷回歸於無。不是治療傷勢，是回復到受傷前的狀態，維持未曾受傷的狀態來到現在的時間點，實際上屬於時光回溯。

這個魔法不只能打造出「未曾受傷的狀態」，可以回到在二十四小時之內任意時間點算起的「現狀」。例如也可以截取受傷途中的狀態，打造出比原本傷勢稍微輕微的狀態。

警備艦衝撞造成達也受重傷，這是真的。他先是在不會造成致命傷的範圍改寫受傷狀態和船隻一起沉沒，在醫院接受急救之後重新將傷勢改寫成沒發生過。

「哥哥。」「達也。」

兩名少女一邊叫他一邊走過來。是深雪與莉娜。莉娜為了避免真面目曝光，白天會將頭髮與眼珠改成黑色，皮膚改成小麥色，但現在回復為原本的樣貌。

「深雪，妳的演技真好。多虧有妳，雖然很難不被任何人懷疑，但應該不會有人妨礙了。」

醫院擺著精巧複製而成的達也人偶。只要是從加護病房外側觀看，應該絕對分辨不出來。知道達也會使用「重組」的人，大概會對他就這麼住院的「事實」起疑，不過看到深雪崩潰痛哭的樣子還敢入侵加護病房的勇者肯定很少。

「那不是什麼演技。」

聽到達也的稱讚，深雪露出鬧彆扭的表情撇過頭。她難得露出這種態度，莉娜反倒比達也還要吃驚。

「我真的很受打擊。雖說是早就擬定的計畫，不過看到您全身是血的模樣，以為我能無動於衷就大錯特錯了。」

深雪來到醫院的時候，達也身上沾滿血的衣服已經被脫掉，改為包上繃帶套上住院服。深雪肯定沒看見「全身是血的模樣」。

不過，達也沒笨到當場糾正這一點。

「……對不起。」

「我知道展現受傷的樣子比較有效，也明白對外當成您正在住院，在各方面比較好辦事。可是，今後請……」

「知道了。我再也不會使用這種策略。」

看到深雪雙眼泛淚，達也連忙允諾。

深雪像是依偎般，柔弱地將臉埋進達也胸膛。達也沒抵抗，接住深雪緊抱。

「……欸，好了嗎？」

看向旁邊的莉娜像是耐不住性子，就這麼撇著頭詢問。

「抱歉讓妳費心了。」

達也如此回答的同時，深雪離開他的胸膛。

深雪的表情不經意變得舒坦。

相對的，莉娜一臉受不了的樣子。她知道達也與深雪都講得很認真，即使如此，還是不禁覺得像是被迫欣賞一場順理成章的鬧劇而感到空虛。

「……所以達也，你要出發了？」

因此她脫口以愛理不理的語氣說。但她像這樣前來送行，並不是單純陪同深雪。

「嗯，照預定計畫進行。」

「這樣啊……雖然以你的能耐不必擔心，不過保重喔。」

一反字面上的意思，莉娜的語氣難掩不安。

「哥哥，我等您平安歸來。」

接著深雪專注凝視達也，一心一意編織出這句話。

「我保證會平安回來，讓妳掛著笑容迎接我。」

達也以「誓言」回應深雪的「祈求」。

「……那我呢？」

被晾在一旁的莉娜表達不滿。

「以我的能耐不必擔心，對吧？」

「我……我又沒擔心你！」

達也咧嘴一笑，莉娜臉紅回嘴。

達也與深雪同時笑出聲。

雖然應該不是莉娜的本意，但是這場暫時的離別多虧她而沒有變得憂鬱。

「那麼，我出發了。」

達也坐進剛完成的大型飛行車。不只是承載人數增加為四人，還搭載許多戰鬥用的裝備，屬於SUV類型的車輛。

坐在駕駛座的達也，發動這輛外表是低車頂ＳＵＶ的大型汽車起步。飛行車在水面行進約十公尺之後，在深雪與莉娜的守護之下緩緩沉入海中。

◇　◇　◇

達也駕駛的飛行車在水裡往東行進約五十公里之後上浮到海面，然後改為低空飛行。

這輛新型飛行車的特徵不只是乘載人數與承載重量增加，更重要的是隱形性能提升。車上搭載了恆星爐也內建的人造聖遺物，藉由人造聖遺物的魔法式儲存功能，無須仰賴車上魔法師的能力，最長可以連續十二小時發動低功率卻高性能的音波隔絕與電磁波迷彩魔法。

「低功率」的意思是即使事象干涉力偏低，依然能發揮指定的效果，連帶也不容易被外部魔法偵測。新型飛行車具備的性能除了不會被音波、光熱、電波或磁力偵測，也不容易被想子感應器捕捉。

不過這輛車也不是萬能的交通工具。太空飛行與水中航行的能力只是附屬功能，這一點和第一世代的雙人座款式一樣。即使隱形功能再強，在水中航行被發現的風險還是低於在空中飛行。即使如此，達也依然切換為低空飛行，因為還不清楚長時間潛航會對車輛造成何種負面影響。

在空中飛行約五分鐘，那具巨大身軀浮在預定的會合點。ＵＳＮＡ海軍私下引以為傲的核子動力潛水航母「維吉尼亞號」。說到為什麼是「私下」，原因在於這艘潛艦是國際條約所禁止，搭載原子爐的戰鬥艦。

「維吉尼亞號」外殼上部朝兩側滑動開啟，出現飛行甲板。達也將飛行車降落在該處。

驅逐艦「馬休．C．培里號」是幌子。

懷亞特．柯蒂斯允諾安排前往西北夏威夷群島的渡航手段，是這艘核子潛水航母。

船艦外殼的滑動艙門逐漸關閉。達也依照甲板船員的指示，將飛行車開進機庫。等到船員打出OK手勢，達也走下飛行車。此時兩道人影走向他。

「達也表弟，看來你順利溜出來了。」

向達也搭話的是帶著堤奏太隨行的新發田勝成。他們將占據警備艦「栗國號」的恐怖分子鎮壓之後，混入先前進行救助行動的USNA驅逐艦船員搭乘「馬休．C．培里號」，再請人以驅逐艦搭載的直升機帶他們來到「維吉尼亞號」。

「勝成表哥，您願意過來，真是為我打了一劑強心針。」

「我可不會讓你獨自搭乘外國的船艦喔。問題不在於信不信任對方，在於你對於四葉家來說是重要的戰力。」

「我知道。」

勝成率領新發田家的戰鬥魔法師，搭乘這艘將達也載往西北夏威夷群島的USNA船艦，這是預先擬定的計畫。理由如勝成所說，是為了避免達也落入四葉家以外的勢力手中。阻止對象也包括當事人的自願逃亡。

只要深雪留在日本，達也就不可能逃亡，但四葉一族還是有人不懂這一點。派遣勝成過來與其說是為了保護達也，不如說是要平息反對這個作戰的聲浪。

雖然這麼說，但是並非完全沒有援軍性質。勝成等人的任務是「不把達也交給四葉家以外的勢力」。要是事態演變成達也在中途島或珍珠與赫密士環礁落入美軍手中，勝成率領的新發田家魔法師部隊就會去救達也。

最重要的是，「達也並非孤立」有著重大的意義。

「直到作戰結束的這段時間，請您多多關照。」

「你也是。」

達也低頭這麼說，勝成也點頭回應。

◇◇◇

晚上十點多，四葉本家。

身穿薄睡衣加罩衫的真夜，在臥室聆聽葉山報告。

「達也大人順利和勝成大人會合了。」

即使在盛夏依然穿齊三件式西裝的葉山，將剛才透過心電感應者通訊收到的情報告訴真夜。

「這樣啊。順利瞞過國防軍的眼睛了嗎？」

「屬下認為至少防止檯面上的介入了。」

「既然這樣，就不枉費我們這次動手腳了。」

在本日事件擔任戲劇總監的真夜，喝一口以白蘭地增香的紅茶之後低語。

反魔法主義者闖入警備艦「粟國號」，進而衝撞「落陽丸」，都是真夜對旗下擅長意識操作的魔法師下令進行的。達也住院以及偷拍深雪崩潰哭泣的報導，也是由真夜編導而成。

「話說回來，派去搭乘『粟國號』的反魔法主義軍人們怎麼樣了？」

「國防軍要求引渡。雖然警方抗拒，但屬下認為將在這幾天移送。」

「而且引發恐怖攻擊的軍人們會在接受軍方偵訊之前自盡，表達自身的覺悟是吧。」

「預定會這樣進行。」

「佐伯閣下不會介入嗎？」

「這是海軍發生的憾事。陸軍的將官即使想出手，應該會在程序上花費不少時間。」

「那就加快進行計畫。我想想……先讓警方早早釋放嫌犯吧。」

「遵命。屬下會這樣安排。」

「嗯，拜託了。」

葉山恭敬行禮，真夜嫣然一笑點頭回應。

七月二十一日，星期日。魔法大學附設第一高中和其他附設高中一樣從今天放暑假。

往年在這個時期，學生會長都忙於擬定九校戰的對策，但今年九校戰中止，使得深雪的行程變成空白。

雖然不是基於這個原因，但深雪以「照顧達也」為名目，從昨天就待在巳燒島——只不過即使九校戰按照往年慣例舉行，深雪肯定也會採取相同的行動。

即使本應正在住院的達也不在醫院。

◇　◇　◇

上午八點。深雪吃完早餐立刻前往達也「表面上」入住的醫院，此時一通電話打到她的行動終端裝置。

深雪目前所在的房間是加護病房的監控室。加護病房禁止醫師與護士以外的人進入，所以探視的訪客只能從走廊窗戶觀看室內的狀況，或是在監控室隔著鏡頭守護病患。深雪的行動終端裝置接得到電話，是因為監控室有無線轉接器。醫院牆壁以隔絕電磁波的材料建造，因此深雪如果位於面向加護病房的走廊，電話應該就接不通。別說隔絕電波，終端裝置的訊號傳輸也肯定早就阻斷。

「我是司波。」

『深雪……』

揚聲器傳來的是有點難以辨識的沉痛聲音。

「是穗香吧？妳打過來是為了達也大人的事？」

深雪因為欺騙了穗香以及朋友們而心痛，同時努力以平靜的聲音回應。

『其實我昨天就想打電話……但妳應該沒心情接。』

「是雫這麼說的？」

『嗯……』

深雪差點哽咽，這不是裝出來的。

「……謝謝妳這麼貼心。」

『不會……所以，達也同學的狀況怎麼樣……？』

「說幸好也很奇怪，但是沒有生命危險。現在還沒辦法轉出加護病房，但醫生說順利的話，大約一週就可以出院。」

深雪以表面上的說法回應穗香的問題。

『這樣啊。太好了……』

不同於話語，穗香的語氣與聲音透露難以抹滅的不安。

「如果妳很在意，要來嗎？」

深雪這句話並未經過深思。

『可以嗎？』

「嗯。」

所以聽到穗香反問而回以肯定的時候，深雪在腦中整理想法。

深雪原本不希望別人接近醫院。達也住院是假的，他本人已經不在國內。醫院裡是精巧製作的人偶，是假人。即使容許探視，也不能讓別人靠近假人所躺的病床。讓假人入住加護病房正是這個原因，即使如此，要是來訪的人增加，穿幫的風險就會相對提升。

不過，學校好友沒有任何人來探視也不自然。而且穗香、雫與艾莉卡等人不可能做出不利於達也的事情。深雪在這方面信賴她們。

「因為我也很高興妳們擔心達也大人。只有妳要來嗎？這座島沒有一般對外的旅館，要過夜的話由我來安排。」

『那個……我可以晚點再打給妳嗎？』

「沒關係。」

『那我下午再打。』

「嗯。等妳來電。」

和穗香結束通話。

深雪不是以行動終端裝置，而是以內建編碼裝置的有線電話打給四葉本家。

幸好立刻就連絡上真夜。

真夜二話不說就准許深雪接待穗香等人。

◇　◇　◇

達也遭遇海上恐攻而住院的新聞，在十師族之間也成為一大話題。雖然不至於召開臨時師族會議，以電話相互討論的當家卻不在少數。

但是其中也有某些家系無暇注意這件事。

例如……一条家。

「小蕾，吃早餐了。」

「茜，謝謝。我這就過去。」

從大亞聯盟逃亡過來的戰略級魔法師劉麗蕾停止整理衣櫃，回應一条家的長女一条茜。她昨天從小松基地移居到一条家。

這是在上週日，已故九島烈的喪禮結束後的餐會上，一条家當家一条剛毅與國防軍幹部，在二木家當家二木舞衣的見證之下進行討論決定的事。

這個措施主要考慮到一条茜的負擔。茜和將輝一起住進小松基地負責監視劉麗蕾。基地環境絕對不惡劣，但她們判斷國中少女一直關在基地裡不太好。

之所以在昨天下午移居，是因為將輝就讀的高中在昨天舉行結業典禮。茜就讀的私立國中基於軍事情勢不穩定的理由提早十天放暑假，不過包含第三高中的魔法大學附設高中都是從今天放暑假。將輝從上上週就一直向學校請假，所以即使進入暑假也沒什麼改變，但是拘泥形式的大人們認為「這個時間點正是時候」。

一条家的宅邸內部，家族使用的區域是西式，款待客人的區域是武家宅邸風格的日式建築。劉麗蕾分到的房間是將日式建築區某個房間加裝木地板改造而成。她和茜一起經過長長的迴廊，進入家族使用的飯廳。

「各位早安。」

「小蕾早。」

劉麗蕾禮貌問候，當家夫人一条美登里如此回應。

「蕾拉小姐，早安。」

接著這麼說的是將輝。剛毅今天早上不在。

此外，「蕾拉」是從劉麗蕾的名字「麗蕾」改成日文發音「Leilai」再縮寫而成的綽號。慣用的姓名念法也會將「麗蕾」直接念成「Leila」。西稱呼的「小蕾」是本名「麗蕾」的略稱，不過「蕾拉」是劉麗蕾自己表示「本名應該不好念」而提案的稱呼。

她說明「這是臥底任務使用的假名之一」的時候沒笑，但將輝他們也確實不知道該怎麼稱呼她。最後美登里與將輝決定叫她「蕾拉」。此外剛毅叫她「劉小姐」，次女瑠璃將「蕾拉」縮寫之後和姊姊一樣叫她「小蕾」。

劉麗蕾順利展開在一条家的生活。

不過，平穩的生活沒能持續太久，這個世界對魔法師可沒這麼好。如果實力匹敵戰略級魔法師就更不用說。

在一条家享用遲來早餐的時間是上午八點半。這個時候的當家剛毅「被傳喚到」國防陸軍的金澤基地。

基地司令淺野上校親自以惶恐態度迎接剛毅。對於金澤基地來說，和一条家的合作關係非常重要，管理基地的司令官並不希望不分青紅皂白就叫剛毅過來。

「一大早就麻煩您撥空過來，真是不好意思。」

「不，是我比預定時間早到，我才要道歉。」

聽到淺野這麼說，剛毅也謙卑回應。剛毅相貌威武，卻不是粗魯人。而且不只是淺野上校這邊重視彼此的合作關係。

剛毅在淺野的帶領之下，進入基地最高階的會客室。他一坐下就切入正題。

「事不宜遲想請教一下，陸軍參謀部是對於劉麗蕾移居到敝家感到不滿嗎？」

直到昨天上午收容劉麗蕾的小松是空軍基地。一週前和剛毅討論的對象是橫跨陸海空三軍的組織——統合軍令部的高官。至於今天找剛毅過來的是陸軍參謀部。

劉麗蕾是正在申請庇護的外國軍人，出手干涉的如果是法務省或外務省還可以理解。但這肯定不是陸軍該插嘴的問題，陸軍也沒有能夠插嘴的立場。

「非常抱歉，我們也只知道這次是要討論戰略級魔法師的處置。」

「國防軍該不會是想要求我交出小犬吧？」

「本官不方便多說什麼。老實說，我想請令郎擔任國防軍的軍官。應該不只本官這麼想吧。不過這不是能強迫的事。包括本官的所有人肯定都理解這一點。」

「這樣啊……」

剛毅看起來難掩失望，卻也沒看得太重。他比指定時間早一小時造訪金澤基地，是想事先知道今天叫他過來是基於何種意圖。不過即使在開始之前得知，頂多也只能做個心理準備。剛毅不認為來得及擬定具有實效性的對策，所以他的失望也僅止於限定範圍。

剛毅與基地司令淺野的對話，將話題轉移到淺野熱愛的釣魚。

上午九點三十分。來到金澤基地的不是陸軍參謀部軍官，是一〇一旅的旅長佐伯少將。

對這件事感到疑惑的不只剛毅。金澤基地隸屬於第十師。淺野司令官率領的基地官兵納悶心想「為什麼是一〇一旅的司令官過來？」但司令官的階級是上校，佐伯的階級是少將。既然佐伯表示「我是擔任參謀部的代理前來」，也沒人能有任何意見。淺野上校回到自己房間，佐伯坐在剛毅的正對面。

佐伯身後站著年約三十歲的女軍官。是從霞浦基地陪同佐伯前來的護衛，全名是木戶乙葉上尉。佐伯今天沒帶風間過來。

「感謝您今天移駕來到這裡。」

佐伯低頭致意。剛毅沒點頭回應。

「總比您突然找上門來得好。所以這次緊急叫我過來究竟是什麼事？」

「由於是這邊的要求，所以本官原本認為應該主動過去拜訪才對。」

如兩人所說，佐伯一開始是要求拜訪一条家，但剛毅拒絕，結果改在金澤基地面談。

剛毅盡顯不悅的態度，也沒壞了佐伯的心情。佐伯很清楚，對方不是真的變得情緒化，而是暗示自己被迫跑這一趟，讓這邊意識到欠了一次人情。

「所以，請問是什麼事？」

以剛毅的立場，也只是覺得順利的話可以獲得一些好處吧。他沒有繼續說出不滿的話語，再度詢問佐伯來意。

「聽說是要談談戰略級魔法師的待遇？」

「是的。這份資料請您先過目。」

佐伯這麼說的同時，木戶上尉朝剛毅遞出一份裝訂紙本資料的文件夾。

「……戰略級魔法師管理條約？可以請您說明嗎？」

「當然。」

剛毅以充滿質疑的視線詢問，佐伯立刻回應。

「進入這一年至今，就像是掙脫束縛，戰略級魔法或威力相當的大規模魔法接連發動。」

佐伯以這段話開場之後，列舉「同步線性融合」、「霹靂塔」、「動態空中機雷」、「水霧炸彈」等魔法名稱以及發動的場所。

「全世界的人們對於大規模魔法的擔憂不斷高漲，若是這樣放任下去，集體歇斯底里可能會造成暴動。」

「為了克制這股不安，要將戰略級魔法師納入國際魔法協會管理？」

「不，管理的始終是所屬國家。魔法協會則是被認可有權查察戰略級魔法師的管理體制。」

「……和至今比起來，這在實質上沒有兩樣吧？」

「即使要求國家交出戰略級魔法師，國家也不會答應。就算這麼說，也不能放任維持現在的狀態。比起只由國家管理的現狀，不如由國際機構保證各國的管理狀況，我認為這種體制更能減輕民眾的不安。」

「原來如此……不過，為什麼這件事要由我國率先提案？」

剛毅以不漏聽每字每句的嚴肅眼神詢問佐伯。

「是為了避免眾人對日本投以質疑的目光。」

「質疑什麼？」

「擴張領土的野心。」

大概是對於佐伯的回答沒概念，剛毅以摸不著頭緒的表情看著佐伯。

「安吉・希利鄔斯與劉麗蕾這兩名外國的戰略級魔法師，目前都滯留在日本。」

「安吉・希利鄔斯？」

剛毅展現的意外反應，就佐伯看來並不是裝的。佐伯猜測安吉・希利鄔斯逃亡的情報沒在十師族之間分享。

「安吉・希利鄔斯現在由四葉家藏匿。」

「唔……」

剛毅眉頭深鎖。看來四葉家的任性做法令剛毅抱持不悅與危機意識。佐伯覺得這是令人樂見的反應。

「不只這兩人，前幾天令郎被認定是新的戰略級魔法師。此外在兩年前的十月底，在全世界率先將戰略級魔法投入戰爭也是我國。」

「……『灼熱萬聖節』嗎？」

「雖說當時是為求自衛的必要措施，但是無法否認以結果來說，我們在全世界率先解開了戰略級魔法的封印。正因如此，我國必須帶頭致力於戰略級魔法的管理。」

「原來如此。」

剛毅深深點頭一次。

「所以閣下希望敝家怎麼做？」

他從正面注視佐伯的雙眼這麼問。

「令郎一条將輝先生，以及正由一条家保護的劉麗蕾，在行使戰略級魔法的時候必須按照政府的決定。想請您同意這一點。」

「只針對戰略級魔法的行使就好嗎？不必進入國防軍任官？」

「要不要從軍是由當事人決定的。」

「說得也是。」

剛毅再度大幅點頭。

「那麼剛才那件事，也要看將輝與劉小姐的意願。」

「啊，不，可是……」

佐伯大概以為剛毅想冷漠結束這場會談吧。

不過這是她的誤解。

「叫兩人來這裡決定吧。」

「現在嗎？」

「是的。必須請您在這裡等候一段時間，方便嗎？」

「……知道了。沒問題。」

對於剛毅的強硬提案，佐伯只能答應。

對談重新開始，是大約三十分鐘之後的事。

佐伯面前坐著身穿制服的將輝與身穿夏季洋裝的劉麗蕾。劉麗蕾沒穿大亞聯盟軍服，是她自己有所顧慮的結果。夏季洋裝是向茜借的。

茜沒跟來。如果要預防劉麗蕾暗中破壞金澤基地的可能性，應該會派擅長「神經干擾」的茜同行。看來至少一条家的人們，包括剛毅、將輝與母親美登里都認為不必擔心這種事。

只不過，一旦劉麗蕾稍微做出可疑的舉止，護衛佐伯的木戶上尉肯定會毫不猶豫拔槍。

雖然對於佐伯來說是做兩份工，但是剛才對剛毅說的內容，她幾乎原封不動再對將輝與劉麗蕾說明一次。

「……在下可以理解閣下的意思。」

聽完佐伯說明的將輝，在被徵求意見的時候如此回答。

「必須想辦法減少人們對於魔法師的不安，我同意佐伯閣下的這個意見。而且我本來就不想獨斷使用『海爆』，所以即使需要政府許可才能使用那個魔法，我也不認為是限制自由。」

「那麼，將輝先生同意進行戰略級魔法的管理是吧？」

「是的。只是關於我的生涯規劃，我目前計畫就讀魔法大學，是否要到國防軍任官的問題，請容在下保留。」

「這樣就夠了。」

聽完將輝的答覆，佐伯滿意點頭。

「劉少尉這邊怎麼樣？」

光是得到將輝的同意，佐伯今天的目的就已經達成。佐伯認為劉麗蕾遲早會回到大亞聯盟，所以覺得這時候徵詢她的意願沒有意義。佐伯問劉麗蕾的這個問題就只是「隨口問問」。

「我照著將輝先生說的就好。」

「……意思是妳贊成進行戰略級魔法的管理嗎？」

不過劉麗蕾的回答出乎意料，佐伯忍不住這麼反問。

「既然將輝先生說應該這麼做，我就會照做。」

劉麗蕾的回應再度令佐伯感到意外。

佐伯不禁移動視線，注視將輝。

將輝不發一語驚慌失措。臉頰僵硬，眼睛忽左忽右匆忙轉動。

「……為求謹慎我想請問一下，如果將輝先生建議劉少尉歸化日本進入國防軍任官，妳會怎麼做？」

「我會照將輝先生說的去做。」

一旁響起了笑聲。

忍笑至今的剛毅終於按捺不住。

「哎呀哎呀，看來小犬意外地爭氣啊。」

「老爸！」

將輝連忙要剛毅收聲。

不知道是否多虧如此，剛毅立刻改以正經方向發言。

「如兩位當事人所說，是否要加入國防軍，就保留到從魔法大學畢業的那一天吧。一条家的當家位置，必要的話我會讓女兒繼承。」

剛毅從椅子起身。

「那麼，該回答的事情，我想應該都已經回答了。」

「是的。感謝您提供滿意的答覆。」

佐伯也這麼說著起身。

將輝與劉麗蕾像是避免落後兩人般連忙站起來。

◆ ◆ ◆

——這是劉麗蕾搬到一条家的前一天，七月十九日晚上的對話。

場所在小松基地裡，劉麗蕾分配到的單人房。

場景是只有劉麗蕾和一条茜兩人的閒聊。

『小蕾，妳難道喜歡我哥？』

『……問得真突然耶。為什麼這樣說？』

『嗯，應該說我這個做妹妹的果然會在意嗎……』

『茜，原來妳有戀兄情結？』

『不，這可沒有。我心中只有真紅郎哥一人。』

『妳說的真紅郎哥，是那位有名的「始源喬治」吉祥寺真紅郎先生嗎？我一直想像他是一位更具學者冷漠氣息的人，原來心地很溫柔啊。』

『嗯！……不對不對，現在不是說我。小蕾，妳喜歡我哥對吧？』

『……一定要回答嗎？』

『我想知道！』

『我想……我應該是喜歡他的。因為將輝先生是一位溫柔的人。』

『溫柔嗎……小蕾，妳的著眼點不一樣耶。喜歡我哥的人大多說他「帥氣」或「很強」。』

『我看過許多很強的人。但是真正對我溫柔的男性，將輝先生是第一位。其他男性都在笑容底下想要利用我。』

『啊～～……因為我哥在好壞兩方面都是說不出謊的個性。』

『祖國派肅清部隊過來的那一天，將輝先生沒否定林姊——也就是林少尉，這份體貼讓我倍感窩心。』

『原來如此，這就是契機啊。不過小蕾，我哥很遲鈍，所以如果真的想擄獲他，妳一定要主動出擊喔。』

『擄獲……啊啊，是成為情侶的意思吧。可是由女生主動……這樣不成體統吧？』

『錯了！小蕾妳錯了！那是二十世紀的準則！現在二十一世紀都快過完了！』

『這樣啊……』

『但也不能太肉食取向喔。因為男生都喜歡「害羞」或「賢淑」的女生。簡直是尋夢人。』

『那個……妳說的是「愛作夢」的意思嗎？』

『對，就是那樣。尤其我哥好像喜歡夫唱婦隨的傳統日本女性。「我會永遠跟隨您」的追求方式應該有效。』

『……知道了，我試試看。可是茜，沒關係嗎？』

『什麼事沒關係？』

『聽說日本女生不喜歡哥哥交女友，都會想辦法妨礙。』

『這是哪裡的情報？我剛才也說過啊！我沒有戀兄情結啦～～！』

『對……對不起……』

『總之，也有這種女生就是了。我會為妳加油打氣喔……畢竟我也不想看到哥哥妨礙別人的戀情被馬踹。』

『妨礙戀情？被馬踹？』

『真是的，根本高不可攀吧。那樣當然不可能有勝算的。』
『？』
『所以小蕾，加油喔！』
『這樣啊……不，茜，謝謝妳。我努力看看。』

今天將輝突然遭受的奇襲，背後原因在於兩名少女在前天夜晚進行的閒聊——

◆◆◆

送走一条剛毅、將輝與劉麗蕾之後，佐伯少將也立刻和木戶上尉一起離開金澤基地。金澤基地停機坪待命的直升機，在兩人搭乘之後起飛前往霞浦基地。
離陸飛行到看不見基地的時候，佐伯身體靠在椅背嘆了一大口氣。
「……閣下，您對一条家的回應有什麼不滿嗎？」
木戶上尉以有點顧慮的語氣詢問佐伯。
「不，比我期待的還好。」
和這句回答相反，佐伯臉上悶悶不樂。

看到木戶上尉露出疑惑表情，佐伯再度嘆了口氣。

「……我在想，同為十師族而且相同年紀，居然會差那麼多。」

「是指一条將輝與司波達也的差異嗎？和司波相比，一条的少年氣息確實比較明顯，應該說有點青澀的感覺。」

「上尉，這妳就錯了。」

木戶述說的感想，佐伯以犀利語氣否定。

「……不，表面上看起來是這樣，但是……」

剛才的語氣似乎比佐伯意料的還要犀利，所以她像是彌補般壓低音調。

「基於國家立場應該以什麼事情為優先，一条明理得多。從理解自身義務這一點來看，一条比較成熟。」

「這也是反映一条家與四葉家立場的差異吧？」

「這應該是原因之一吧。所以我不該把十師族視為單一集團，而是要個別評價……不，各個擊破嗎？」

「這是戰術的基本。」

長相令人感覺正經八百的木戶說出不符合形象的玩笑話，使得佐伯嘴角失守。

但佐伯的雙眼完全沒有笑意。

◇　◇　◇

敗給達也，被黑羽貢部下抓住的藤林長正，目前住在位於甲府的醫院。這裡是受到四葉家掌控的醫院。雖然會進行傷勢的治療，但實質上可以說是監禁吧。

七月二十一日上午十一點，女兒藤林響子造訪他的病房。

「藤林中尉，歡迎妳來。」

「……記得是津久葉夕歌小姐？」

長正入住的是單人房，但病房裡不只他一人。知道響子會來探視的夕歌在病房迎接她。

「原來您記得我，這是我的榮幸。我想和中尉加上令尊一起商量一件事……請問方便嗎？」

這句話在形式上是要求許可，但在狀況上不容拒絕。

「嗯，沒問題。」

對於這個實質上的強制要求，響子在形式上表達同意。

這間單人房很大，病床旁邊設置能讓兩人面對面坐下的簡易會客桌椅組。響子在後方座位就坐，夕歌坐在靠門口的椅子。

「那麼，外人長時間妨礙父女談心很不識趣，所以我簡潔告知四葉家的要求。」

響子繃緊身體。相對的，長正依然放鬆身體躺在斜躺模式的病床。

「四葉家已經決定不揭發九島真言與共犯的罪狀。」

繃緊的響子身體驟然一顫。夕歌說的「共犯」明顯包括藤林長正。

「相對的……」

夕歌不顧響子的反應，繼續說出要求。

「關於佐伯少將的利敵行為，請藤林中尉出面作證。」

「您說的利敵行為……請問是什麼事？」

響子以失去血氣的表情詢問夕歌。

她這張表情也可以解釋為自行招供「心裡有數」。

「這個嘛……比方說，明知呂剛虎偷渡入境卻置之不理。」

響子倒抽一口氣。

「除此之外，您心裡也有數吧？」

或許夕歌這句話是虛張聲勢。或許四葉家沒查到「其他事」，呂剛虎這件事也沒掌握證據。

但是一開始就被夕歌緊握主導權，響子的心理狀態無法強硬下去。

「……我想和家裡的人討論一下。」

響子企圖拖延時間重整態勢。

「不過貴家的當家長正大人、長子長太郎大人都答應了。」

然而連這個部分都被夕歌搶先布局。

「……至少請讓我和父親稍微談談。」

「知道了。我在走廊等，談妥之後請叫我。」

不會給你們太多時間。夕歌暗中施壓之後離開病房。

發出關門聲的同時，響子靜靜地、深深地吐出一口氣。

「父親大人。」

響子一邊起身，一邊對長正開口。

「您答應和四葉家進行這場交易，是真的嗎？」

她就這麼站著等待父親回答。

「──是真的。」

長正花了三秒同意。聲音聽不出猶豫或愧疚。

「……！」

響子吞進肚子裡的，不知道是牢騷還是責難。

「父親大人像這樣遭受囚禁，我可以理解您沒有選擇的餘地。可是……」

四葉家要求響子背叛。放大格局來說，揭發長官的惡行，或許不算是「對國家」犯下背信罪，但是正義不一定總是以正確的方式使用。響子不認為四葉家會將她的「證詞」利用在公正的目的上。

「即使沒成為俘虜，我也接受了四葉家的要求。敗者服從勝者，這是我們的鐵則。」

「可是……背叛的是我啊！」

父親這番話聽在響子耳裡相當無情。響子感覺父親說得像是不把她的立場當成一回事。

「妳是軍人，更是藤林家的人。」

「意思是要我辭職退役嗎？」

「我反問妳，佐伯閣下值得妳效忠到分擔她的惡行嗎？」

「這……！」

這時候掠過響子腦海的不是長官或同袍的臉。是四葉真夜延攬她的時候說的「可惜」兩字。

對於身為軍人的自己抱持疑問——自覺疑問的時間是今年二月，聽到以「朋友身分」私下交流的千葉壽和不幸離世的那時候。她連帶想起早已天人永隔的未婚夫，再也搞不清楚自己在國防軍任官的理由。

但是對自己的「工作」抱持疑問的時間，感覺在更久之前。

（開始變得不對勁……是去年八月的事。）

是以九校戰為舞台進行寄生人偶實驗的陰謀被揭露，逼得九島烈正式引退的那時候。

佐伯與響子的外公九島烈，從以前就是死對頭。

（揭露外公的陰謀之後，佐伯閣下看起來像是擺脫某種束縛……）

大概是打敗長年勁敵之後放鬆自制力吧。依照響子的實感，從佐伯那裡下達的命令之中，超過旅團司令官職權範圍的命令增加了。響子接到的任務原本就經常具備法外性質，但是在最近這一年，她不只一兩次感覺任務超過違法性的極限。

「響子。佐伯閣下是值得妳效忠的長官嗎？一〇一旅是應該比藤林家優先的組織嗎？」

「……不當的惡行應當矯正。」

對於自己的想法，響子以這種方式妥協。

「我能作證的只有兩件事。其中一件不是利敵行為。」

這是響子對夕歌的答覆。

和剛開始的相對位置一樣，坐在簡易會客區靠門椅子的夕歌，表面上露出滿意的笑容點頭。

「其中一件是默認呂剛虎偷渡入境的事情吧？」

對於夕歌的確認，響子點頭說「是的」。

「另一件是什麼事？」

夕歌是否真的掌握其他案件，響子不在意了。

「九島家——真言舅父研發寄生人偶的資金與資材，是由佐伯閣下提供的。」

「妳說的不是冰凍保存在前第九研的寄生人偶吧？」

夕歌即使聽到響子的供詞，也沒做出驚訝的反應。

響子無法分辨夕歌是否早就知道這件事——是或不是都已經不重要了。

「是去年九月之後製造的寄生人偶基體。閣下考慮以寄生人偶部隊取代魔法師步兵部隊。」

「研發費用沒得到防衛省的認可？」

「也沒得到軍令部的認可。」

「換句話說是私下收受獻金嗎？」

「是的。我之前沒想過要查出資金管道，不過只要調查應該會出現閣下特別關照的軍需企業名稱吧。」

「不能勞煩您做到這種程度。獻金來源由我們這邊調查。」

聽到夕歌這麼說，響子面無表情默默點頭。

◇　◇　◇

「……雫與艾莉卡，還有西城同學也會來吧？」

『嗯……方便嗎？』

「沒問題的。總共四人，明天上午過來之後住一晚，這樣可以嗎？」

『嗯。就這樣麻煩妳了。』

「收到。我來安排。」

『謝謝。那麼，明天見。』

「好的，等你們來。」

時間是下午一點多。穗香打電話過來。深雪講完電話掛斷之後，為了安排四人的過夜場所，立刻打開通訊錄要撥打管理事務所的語音服務台。

但她的手指還沒碰到觸控面板，就響起語音通話的來電鈴聲。

畫面顯示「七草真由美小姐來電」。

「喂，我是司波。」

『深雪學妹？我是七草真由美。』

「學姊，好久不見。」

『嗯，好久不見……這次，那個，事情變得很嚴重吧。深雪學妹，還好嗎？』

「謝謝學姊關心。達也大人沒有生命危險，醫生說康復之後也不會有後遺症，算是不幸中的大幸。」

真由美慎選言辭詢問，深雪堅強回應。到這裡為止聽不出這是未婚夫出事的學妹與擔心兩人的學姊在對話。

『達也學弟的……記得叫做「重組」……這次來不及使用是嗎？』

「既然達也大人的能力也是魔法，那麼只要失去意識就無法使用……我想達也大人終究沒料到國防軍的警備艦會襲擊吧。」

『說得……也是……和「超能力」不一樣，「魔法」要有意識才能使用。必須透過意識讓潛意識運作，否則無法建構魔法……』

「是的。」

『所以，那個……深雪學妹，如果妳不介意，方便我去探視達也學弟嗎？』

「可是達也大人還不是能夠面會的狀態啊……？」

『我不會勉強妳就是了。』

「不……我知道了。我想和家裡的人討論一下，方便晚點再回電嗎？」

深雪說的「家」指的是四葉家。真由美不必聽她說明也明白。

七草家的自己要探視四葉家下任當家的未婚夫。真由美認為深雪當然會委由當家定奪。

『嗯，當然可以。那麼，晚點連絡。』

「我會儘快打電話給您。」

兩人沒有特別不自然的樣子，看起來也沒從對方的話語或口吻感覺不對勁，結束這段通話。

深雪將莉娜留在加護病房監控室，自己則前往醫院的電話室。電話室內部又分成六間電話包廂，其中一間設置直通四葉本家的視訊電話機，深雪使用ＩＤ卡進入這間包廂。

完全隔音的小房間沒有椅子。進門就是控制台，包廂深處設置四十吋的顯示面板。

深雪在控制台輸入三組不同的十位數號碼。

真夜突然出現在壁掛尺寸的螢幕。

「姨母大人，抱歉屢次打擾您。」

『不必在意沒關係的。又有人申請探視嗎？』

「是的。剛才七草真由美小姐打電話給我。」

即使劈頭就被說中來意，深雪也沒慌張。根據現狀，深雪如果有事要徵詢本家，首先想得到的應該就是「探視達也」這件事，假設通聯記錄被查閱，深雪也毫不心虛。

『七草家打給妳？』

反倒是真夜對於深雪的回答表示驚訝。

「應該不是私人探視吧……會是什麼企圖呢？」

真由美的申請背後隱藏著七草家當家的意向，深雪贊成真夜的這個意見，也知道真夜並不是要求她回答。

『……也對，好吧。』

正如預料，看來真夜逕自做出某個結論。

『深雪，妳就答應吧。』

「邀請七草學姊是吧？」

『嗯。如何接待真由美，就交給妳一手包辦。』

關於這次邀請七草家長女進入正在進行謀略的舞台，真夜沒附加任何條件。

「遵命。」

深雪對此不感意外。

深雪一回到加護病房監控室，莉娜就說「怎麼樣？」詢問狀況。

「家裡答應了。沒特別附加條件。」

深雪的回答令莉娜面露驚訝。

「咦？可是真由美的七草家，是四葉家的死對頭吧？」

「並沒有敵對，但也不是同一陣線。」

看到深雪心平氣和的態度，莉娜的不安似乎愈來愈強烈。

「這樣沒問題嗎？要是達也住院的假象被拆穿，應該不太妙吧？」

「沒問題的。」

深雪說完向莉娜微笑。

「深雪……總覺得妳的笑容變得非常壞心眼耶。」

「沒禮貌。」

面對太陽穴微微抽搐的莉娜，深雪以不太生氣的聲音回應。

「假住院的這件事要是『外洩』確實很頭痛……但如果是學姊就沒問題喔。只要『好好拜託』，她就會幫忙保密。」

「……嗯，說得也是，肯定沒錯。」

看到深雪加深笑容，莉娜以告誡自己般的語氣輕聲說。態度像是害怕繼續這個話題。

深雪看起來不在意莉娜的不自然舉動，打電話到管理事務所安排五人分的客房。

◇ ◇ ◇

佐伯從金澤基地返回的途中去了統合軍令部，回到霞浦基地的時候已經是下午四點。

一回到司令官室，佐伯立刻叫風間過來。即使是週日，風間依然馬上報到。

「中校，你知道司波達也住院的消息吧？」

佐伯劈頭就如此詢問站在辦公桌前的風間。

「下官當然知道。」

「你怎麼看？」

這種問法很抽象，但風間沒誤解佐伯想表達的意思。

「很難認定真的受重傷。達也擁有那種自我修復能力。」

佐伯以嚴肅表情繼續詢問風間。

「如果住院是偽裝，他的目的是什麼？」

「下官認為可能性最高的是當成襲擊中途島監獄的障眼法。或許他已經出境。」

「情報部也覺得這次的事件很可疑。」

「您順便去了情報部？」

統合軍令部與陸軍情報部所在的大樓位於徒步範圍。風間認為佐伯該不是打電話，而是直接過去打聽情報。

這時候，風間忽然擔憂一件事。

「閣下，雖然下官覺得不可能，但您沒將達也的『重組』告訴情報部吧？」

達也的「重組」是更勝於「分解」的機密事項。和四葉的契約是如此訂定的。

達也退回特務軍官階級的時間點，這份契約就解除了。但契約終止之後依然有保密義務。雖然不是法定義務也沒留下書面文件，不過正因為是法律管不到的世界，所以信用具備重大意義。

「……情報部已經在昨天的時間點開始調查。」

佐伯沒回答風間的問題。

風間知道問了也沒用，沒有再三詢問。

「成功潛入了嗎？」

他改問這個問題。

「好像是派諜報員假扮成記者……不過老實說，防範周全到無法靠近。」

「軍方情報部贏不了一般民眾感覺有點丟臉……但畢竟是那種對手，所以在所難免吧。」

風間置身事外般批評。

佐伯露出不悅表情。

「中校，這可不能以『在所難免』四個字帶過啊。」

「但是以實際問題來說，也不能強制搜查吧。如果只從客觀狀況判斷，達也是受害者。」

「不覺得那個事件本身就怪怪的嗎？警備艦的船員都是反魔法主義者，這種狀態不可能是湊巧發生。」

「所以不是湊巧，是海軍的反魔法主義派——或是反十師族派計畫發動的恐怖攻擊吧？」

佐伯默不作聲。

即使不是風間，任何人光看就知道她無法接受這種說法吧。

「閣下……恕下官冒昧詢問，閣下是不是稍微過於把達也視為眼中釘了？」

「我沒把他視為眼中釘。」

佐伯以近乎脊髓反射的速度否定風間的指摘。

風間沒有爭辯的意思。

「……恕下官失禮了。」

「——如果得知任何關於司波達也的動向，立刻向我報告。」

風間謝罪之後，佐伯沒說「原諒」。對於風間的指摘，佐伯沒做出否定以外的反應。她這段話明顯是要將不方便提的話題當成沒提過。

「遵命。」

「我要說的就到這裡。中校，你可以下去了。」

佐伯點頭回應風間，以許可的形式命令他離開。

〔8〕

七月二十二日，上午十點。

兩架傾轉旋翼VTOL接連降落在巳燒島的機場。

不是預先說好，是抵達的時間湊巧重疊。

一架是北山家的自家專用機，搭乘的是雫、穗香、艾莉卡與雷歐四人。

另一架是七草家的自家專用機，送真由美抵達此地。

雫等四人和真由美搭乘同一輛九人座廂型車，前往位於島嶼東側的醫院。也就是達也入住的醫院。

此外在航廈撞見真由美的四人，不只穗香、雫與雷歐，艾莉卡也在常識範圍打招呼。真由美還在一高就讀的時候，艾莉卡從不隱藏隔閡，不過她的心態在這兩年似乎有所變化——大概和襲擊長兄壽和的不幸事件有關吧。

話是這麼說，卻無法否認五人之間——一人與四人之間有點尷尬。這單純是學年不同造成的高牆。即使是學弟妹組之中和真由美交集最多的穗香，成為學生會幹部的時間也在真由美辭去學生會長之後。艾莉卡與雷歐雖說在橫濱事變有過和真由美並肩作戰的經驗，也不會因為這種程度就視為同輩看待。不過這份尷尬在眾人抵達醫院就立刻拋到九霄雲外。

和莉娜一起在加護病房監控室迎接五人的深雪，看著他們輕敲房門之後突然扔出炸彈。

「謝謝各位前來探視達也大人。只不過達也大人不在這間醫院。」

「咦咦？」

反應特別明顯的是穗香。其他人也發出「呃？」或「啊？」等不同的驚叫聲。

「……深雪同學，這是怎麼回事？」

首先跨越驚愕的雷歐，低聲詢問深雪。

「達也大人確實被事件波及而受重傷。但是在送到醫院的時候已經回復。」

「……對喔！」

艾莉卡輕拍雙手，輕聲一喊。

「那個治療魔法，叫做『重組』是嗎？記得達也同學有那個魔法吧？」

橫濱事件那天，深雪對真由美、穗香、艾莉卡與雷歐說出「重組」的祕密。雫當時不在場，但是穗香事後得到達也本人的許可告訴雫。

即使如此，真由美以外的所有人好像都沒想到「達也自己治好傷勢」的可能性，重新露出接受的表情。

「……完全被妳哭泣的樣子騙倒了。」

艾莉卡的耍壞語氣應該是在遮羞。但她這句話應該代為說出眾人的想法了。先前電視播放深雪貼在走廊與加護病房之間的窗戶與牆壁崩潰哭泣的模樣，有著不容質疑的震撼力。

「什麼騙倒，請不要講得這麼難聽。」

深雪的抗議與其說是鬧彆扭，應該是在害羞。

「啊～～沒錯。」

當時改變外型待在醫院的莉娜，像是回憶那時狀況般開口。

「那個不是假哭。明明肯定知道傷勢已經治好，深雪卻失控成那樣，我費了好大的工夫才安撫她。」

深雪從五人分的視線移開目光。

「……達也大人全身包滿繃帶躺在加護病房的病床，我怎麼可能冷靜得下來。」

「……說得也是。」

說來意外，率先接受深雪這段解釋的是雷歐。

「有時候即使腦袋知道，內心還是會起反應。代表妳對達也用情就是這麼深吧。」

「……以你的智商，居然挺懂的嘛。」

「妳第一句話是多餘的。」

艾莉卡打岔消遣，雷歐立刻接招。

場中氣氛因而重新來過。

「……那麼，達也同學現在在哪裡？」

「正在進行一項祕密的工作。」

對於穗香的詢問，深雪沒做出具體的回答。

但是穗香這邊也沒再三詢問。不是沒興趣，是克制自己不可以過於深入。

此時大膽深入的是真由美。

「既然大費周章演了這齣戲，就代表達也學弟不在的真相必須保密吧？告訴我沒關係嗎？我可是七草家的長女啊？」

七草家和四葉家對立。即使不是十師族，對於知道內情到某種程度的人來說，這也是公開的祕密。深雪身為四葉家下任當家，當然知道這一點。

「我不希望一直和七草家對立。」

深雪的回應是基於自己下任當家的身分。

「而且，我不會因為對方是七草家的人就特別敵視。請容我反問，達也大人不在的事實，學姊會告訴家人或是任何外人嗎？」

「我沒這個打算。」

真由美以告誡自己般的語氣回答。

然後她看向下方，停頓片刻。

「……也對。我沒有對達也學弟或深雪學妹不利的意思與動機。」

真由美說完這句話之後，暗自接了一句「狡猾老爸的想法不關我的事」。

「ＯＫ，深雪學妹。達也學弟正在加護病房接受治療，雖然還不是能夠交談的狀態，但是沒有生命危險，只是在熟睡，也不必擔心意識出現障礙。這樣可以嗎？」

「謝謝學姊。」

深雪向真由美低頭。

抬起頭的深雪，接著看向真由美旁邊的艾莉卡。

「……我們也當作是這麼回事吧。」

艾莉卡回答深雪之後，轉身以眼神表示「沒問題吧？」囑咐其他人。

穗香、雫與雷歐三人同時點頭回應她的視線。

「可是……為什麼？」

「是問我為什麼說出真相嗎？」

深雪反問雫這句詢問所省略的部分。

「愈少人知道愈能保密。」

雫以這種說法告知她這麼問的意圖。

「這可不一定吧。」

「什麼意思？」

深雪搖搖頭，雫歪頭納悶。

「拒絕他人的態度會煽動疑惑，想要揭露祕密的熱忱因而加速。如果可以和世間隔離到完全不接觸外人耳目就算了，如果做不到這種程度還要一直保密下去，雖然不至於做不到，但我認為很難。」

「妳認為被拆穿也沒關係嗎？」

「怎麼可能。我不會讓政府、軍方或媒體妨礙達也大人。」

深雪聲音沒變，語氣卻透露強烈的意志，使得雫迅速眨了眨眼。

「我是這麼認為的。與其一直保密下去，讓別人相信謊言應該比較簡單。」

「為什麼？」

想聽深雪說明的不只雫一人。

真由美、穗香、艾莉卡與雷歐不用說，連莉娜都以深感興趣的眼神看向深雪。

我昨天應該跟莉娜說過了……如此心想的深雪並未失笑。

「因為如果要一直保密下去，就必須讓所有人相信『沒這回事』，但是謊言只要有幾個人，最多只要有十幾個人相信，之後就會自己傳開吧？」

「深雪……我昨天也在想，妳這個人好壞。」

「是嗎？但我覺得不說謊的人，找遍全世界都找不到吧。」

莉娜傻眼說完，深雪面不改色反駁。

包括莉娜在內的六人，都在心中輕聲說「不是這個問題」。

「……換句話說，妳希望我們成為『相信謊言的人』嗎？」

雷歐露出接受的表情，自言自語般說出「正確答案」。

「沒要各位積極散播『謊言』。不過如果有人問，請各位回答達也大人正在住院。」

深雪這段回應不是只對雷歐一個人說。

「當然沒問題！」

率先回應的是穗香。艾莉卡、雷歐、雫與真由美也接連回話允諾。

◇　◇　◇

外界認定達也正在入住的醫院，因為昨天的偷拍報導騷動而禁止非相關人員進入。面會也僅限於預先獲得許可的人。

媒體照例高舉「報導的自由」這面旗幟，不過輿論這次站在醫院這邊。應該是「崩潰哭泣的美少女」的震撼過於強烈吧。先不提實際狀況（那則偷拍報導是四葉家設計的陷阱），表面上可以說是電視台自爆。

只不過，媒體也不可能這麼輕易打退堂鼓。對他們來說，「報導的自由」應該比任何事物優先。一旦被禁止，鬥志就更加火熱——這麼說或許太過火了。

總之，報社與電視台都沒放棄採訪。而且試圖潛入的記者與攝影師之中，也混入許多從複數情報機構派遣的諜報員。

一艘中型遊艇浮在巳燒島的海上。擁有者是全國聯播的電視台，但船上是陸軍情報部的諜報員。並不是軍方劫走電視台的船，是承包各大電視台業務的單位被情報部滲透。電視台那邊當然沒發現。

「進行得怎麼樣？」

直到遠離島嶼都保持沉默的該隊隊長，向同樣不說話的隊員們詢問成果。

「不行。只能說太難潛入了。」

「入侵系統的作戰至今也毫無頭緒。」

「連要接觸醫院相關人員都很難，恐怕要花一段時間才找得到人合作。」

接連收到的報告都不甚理想，使得隊長板起臉。

「那間醫院的保全系統簡直異常。其他機構好像連蛛絲馬跡都找不到。」

監視其他情報機構動向的隊員如此回報。「這是僅存的慰藉吧。」隊長輕聲說。

隊長看向窗外。夕陽被覆蓋西方天空的雲層遮住。距離日落還有時間，但周圍已經變暗。颱風行進路徑偏西，距離反而比昨天遠，但風浪愈來愈大。

「才第二天，舉白旗還太早。」

隊長逐一注視聚集在休息室的成員，以堅定的語氣告知。

「暫時回到三宅島的旅館。不過今晚如果天候允許，也可能在夜間出動。各人行動的時候做好相應的準備。」

隊長說完，隊員們異口同聲回應「收到」。

所有人起身離席，回到各自的崗位。

遊艇朝著西方約五十公里處的三宅島航行。

◇　◇　◇

到了傍晚，真由美與穗香等人移動到島嶼東側準備的客房。

現在留在醫院的只有深雪與莉娜兩人。

『陸軍情報部的遊艇開往三宅島了。』

深雪的行動終端裝置收到巳燒島海防警察的報告——這座島上的警察表面身分是公務員，卻都是以四葉家旗下的魔法師組成。

「知道了，不必出手。」

『遵命，繼續僅止於監視。』

電話被掛斷，簡潔有力到令人覺得冷淡。深雪知道並不是對方輕視她，是為了防止竊聽，所以沒壞了心情。

「深雪，電話裡怎麼說？」

一起待在加護病房監控室的莉娜詢問深雪。大人們請求指示的對象是和莉娜同年的少女，莉娜對這個狀況似乎不感疑問。

「陸軍的船開往旁邊島嶼了。」

「陸軍開船啊……日本的軍人真辛苦。」

「日本也有陸戰隊喔，不過屬於陸軍管轄。」

「所以那艘船是陸戰隊？」

「不，應該不是。採取行動的應該是情報部的人，所以我想那不是陸戰隊的船。」

「哎呀，原來美國與日本都有派系主義的弊害。」

「我有同感。」

莉娜傻眼說完，深雪笑著同意——雖然是笑容卻是苦笑。

「所以特務現在都走了？」

莉娜改以正經口氣詢問，深雪以認真表情搖頭說「不」。

「新蘇聯的幹員好像還在海上努力。」

「ＯＨ！明明颶風要來了，他們真有毅力。」

在日本不太常見的反應，使得深雪忍不住笑了。

「不是颶風，是颱風。而且依照氣象預報，颱風還要兩天才會接近。」

深雪收起笑容更正。

「妳說後天，那不就快到了嗎？」

莉娜也正色反駁。

深雪的意思是「颱風並不是今晚來」，不過颱風後天來的話確實是「快到了」。

「……也對。」

深雪苦笑承認之後，莉娜露出洋洋得意的表情。

核子動力潛水航母「維吉尼亞號」的艦內時鐘重新設定為目的地的時區。

時鐘盤面顯示的當地時間是十七點整。達也走出艙室，帶著護衛兼監視的士兵前往艦橋。

他沒被拒絕進入艦橋。

「達也。」

艦長麥可·柯蒂斯上校反倒是親切搭話。

他是參議院議員懷亞特·柯蒂斯的侄子，在本次任務是達也最強力的助手。但是不提這些內情，柯蒂斯艦長個人很欣賞達也。

「再一小時就到中途島喔。」

「知道了。看來完全符合計畫。」

達也來到艦橋是為了確認作戰開始的時間。他還沒問，艦長就先告知答案。

「準備時間應該滿充裕的。要不要一起喝杯咖啡？」

如柯蒂斯艦長所說，只要三十分鐘就足以完成出擊準備。

「好的，樂意之至。」

達也沒有拒絕的理由。

達也的回應使得艦長笑開懷，叫副艦長過來告知要暫離艦橋。

然後柯蒂斯艦長帶達也前往艦長室。

「維吉尼亞號」的艦長室寬敞到令人不覺得在潛艦內部。「維吉尼亞號」本身的體積和大戰前的核子動力航母一樣巨大，內部空間也是相應的大小。

兩人隔著桌子相對而坐，艦長親自泡咖啡招待達也。雖然是自動機器沖泡的咖啡，味道卻無從挑剔。是搭載ＡＩ的咖啡機。機器泡的味道比不上真人泡的，應該只是偏見。

「達也，終於要開始了。」

「是的，我對艦長與參議院議員感激不盡。」

「你個人應該是想優先處理珍珠與赫密士環礁吧……」

柯蒂斯艦長的語氣帶點歉意，大概是本性善良吧。

「不，一開始就是這麼說定的。」

達也希望艦長別在意。

「說得也是。這是交易，所以你也不必感到卑微。」

艦長說完咧嘴一笑。

這張陽剛的笑容，引得達也也揚起嘴角。

「而且可以近距離目睹飛行魔法研發者的實戰，我現在就很興奮喔。」

艦長眼中蘊含近似色慾卻完全不同種類的熱度。

「飛行步兵以及小型飛行車輛完全是軍事革命，飛行魔法大幅改變戰爭方式，魔法師在戰爭的地位將會更高吧，同時指揮官的觀念也被迫連根翻新。我將見證這樣的現場，這是我軍旅生涯最幸運的事情。」

「我接下來要進行的是個人戰，在戰術論這方面應該沒什麼用處。」

「不，這正是我們必須改變認知的部分。戰鬥是以群體進行，個人之力敵不過眾人之力，即使魔法已經運用在實戰，這個原則也沒有改變。『一夫當關萬夫莫敵』只存在於虛構世界，再怎麼卓越的士兵，首要問題都是機動力的極限。」

柯蒂斯自覺情緒興奮，喝咖啡喘口氣。

「即使是騎兵也無法瞬間從戰場一角移動到另一角，騎機車也一樣。除此之外也構思過各種步兵用的機動裝置，但是只要受限於必須在地上跑，終究只是取代騎馬的工具。飛行魔法打破了這個極限。」

「就算使用飛行魔法，也並非可以瞬間移動就是了。」

「但是和以往的移動手段相比，可以稱作一瞬間。」

這不是達也謙虛，是他的真心話，但柯蒂斯像是規勸他的「誤解」般斷言。

「一切都是以『相對』來看，任何事情都不會一瞬間結束。飛行步兵的機動力將超越地面部隊的應對力，我說的『一瞬間』是這個意思。強力的戰鬥單位突然出現在面前，顛覆當前戰況，對於前線指揮官來說，惡夢莫過於此。而且如果這個單位是單兵戰士，那麼至今的常識完全不管用，就像是以超人為對手進行戰爭，非得從頭思考對策才行。」

柯蒂斯揚起嘴角，這次露出的是壞心眼的笑容。

「所以我非常期待你的戰鬥能提供樣本，用來擬定今後應對用的戰術。」

◇◇◇

核子動力潛水航母「維吉尼亞號」已經停在待命位置，達也卻還是暫時沒出擊。這是按照計畫的行動。

達也在當地時間七月二十二日下午七點半出發。他駕駛的飛行車飛上剛日落的天空。

中途島不是單一島嶼，是沙島、東島與幾座小島形成的環礁，稱為中途群島或許比較正確。

中途島監獄是幾乎使用整個沙島東半部的大規模設施。達也從航母出發十分鐘後，以肉眼看見該設施。

沒有對空砲火。

（看來隱形系統正在發揮原先設計的性能。）

新型飛行車的最大改良點是隱形功能。恆星爐也內建的人造聖遺物儲存了阻礙認知、妨礙偵測的魔法式，無須仰賴駕駛的魔法技能，就能在車身與周圍展開高階隱形魔法。

現階段的持續時間最長是半天，累積運作時間達到十二小時的時間點，必須停用十二小時才能再度使用，不過即使運作時間還沒達到極限，只要間隔十二小時以上就能重置時限，這樣的性能用在本次任務綽綽有餘。

達也將飛行車降落在沙島西北海岸，從該處使用飛行裝甲服「解放裝甲」前往監獄設施。解放裝甲也具備優秀的隱形性能，卻比不上利用人造聖遺物的新型飛行車。達也準備翻越圍繞監獄腹地的高牆時，響起震耳欲聾的警報聲。

設置在監獄屋頂的砲塔開始轉動。

達也聽三矢家說過，中途島監獄設置的兵器只有電磁彈射砲與對人兵器，然而目前旋轉過來要瞄準達也的砲口是……

（脈衝雷射砲！）

不只對人，更能對空的雷射砲。

被騙了嗎？這個想法甚至無暇插入達也的思緒。

達也在認出砲塔種類的同時發動魔法。

脈衝雷射砲的準心即將鎖定達也。

在鎖定的前一瞬間，砲體失去輪廓，隨著電光一起爆散。

達也的分解魔法「雲消霧散」將脈衝雷射砲的砲身與基座分解到元素層級。

提供給砲塔發射雷射的電流喪失去處，在金屬元素氣體內部亂竄而產生電光。

（好險……）

解放裝甲的防彈功能始終是針對質量彈，耐熱性能沒有好到能承受高能量雷射。雖然要看雷射砲的瞄準速度與連射速度而定，不過身體也可能在「重組」的同時又被射穿，陷入無限循環的危險性。

對於能將任何外傷回歸於無的達也來說，中彈與自我修復的無限循環是最需要提防的事態。要是被迫連續使用「重組」，魔法演算領域遲早會無法承受連續發動而發生過熱問題，或者是「重組」發動失敗。幾十次還可以，如果短時間內連續幾百次就很可能變成這個結果。這是破解達也不死特性的少數攻略法之一。

危機意識將達也的意識磨得更加敏銳。

屋頂、牆面與廣大腹地內部設置的所有對空、對人兵器情報，瞬間同時映在他的「視野」。

（「雲消霧散」發動。）

剛才的「雲消霧散」是反射動作，是只以達也自己的能力發動。

這次是由裝甲內建的ＣＡＤ輔助，同時「分解」十二組砲座與槍座，其中包括瞄準不到達也現在位置的對空砲座，存放在地底的自動槍座也不例外。

包含反艦兵器電磁彈射砲在內，設置在中途島監獄的迎擊兵器，被連續發動五次的魔法分解得無影無蹤。

在失去迎擊兵器的中途島監獄上空，達也以「眼」尋找監禁卡諾普斯的建築物。

班哲明．卡諾普斯的生體情報，達也在今年二月逮捕紀德．黑顧（顧傑）被他妨礙的時候就已經取得。彼此只接觸過那一次，終究無法隔著半片太平洋在遠端尋找。不過既然知道他在這座島的這座基地內部，達也要找到他就不是難事。

大約一公里見方的腹地中，建造了十棟看似堅固的低矮建築物。

（其中五棟是監獄。一棟是管理事務所，兩棟是職員與兵員居所，一棟是武器庫，一棟是訓練設施嗎……）

達也在腹地中央找到目標對象卡諾普斯的情報。在某棟三層樓建築物三樓南側的房間。

達也進一步閱覽該建築物內部的情報。

距離卡諾普斯不遠處有十名武裝士兵。這應該是監獄的警備兵。無從得知是為了保護卡諾普斯而集結，還是為了阻止他逃獄而集結。

該樓層只有卡諾普斯一名囚犯。二樓、一樓各囚禁八人。雖然可能理所當然，但所有人都是男性，也是魔法師。

（雖然理所當然，但他們知道我入侵了吧。應該會提防我從樓頂現身。）

也可以將計就計從一樓進攻。但是現在時間寶貴。任務地點不只是這裡。重點任務反而是在珍珠與赫密士基地。

達也決定按照警備兵的預料，從上方進攻。

降落在樓頂的達也被槍口瞄準。這種短槍身應該是ＰＤＷ（個人防衛武器）。

因為是戒備建築物的士兵，所以機動性比威力優先，這是合理的選擇。只不過如果對方是達也，威力強兩三級也沒意義。

子彈還沒發射出去，槍本身就拆解散落在樓頂地面。

出乎意料的事態使得兩名士兵僵住，但他們立刻朝腰間的槍套伸手。

可惜達也比他們快，從腰間抽出手槍造型的ＣＡＤ瞄準士兵。

銀鏃改造版「三尖戟」。

達也扣下扳機的同時，兩人的四肢根部開孔。

士兵們發出模糊的哀號，分別仰躺與趴倒在地。

達也之所以沒使用裝甲內建的CAD，而是使用「三尖戟」，是意識到監視器的存在。剝奪士兵們行為能力的傷，看起來也像是被無形子彈打穿的痕跡。

為了讓對方認定這名黑衣蒙面入侵者使用的是這種魔法，達也使用手槍造型的CAD，比較容易連結到「無形子彈」的印象。

達也從昏迷士兵身上拿走一把手槍，進門來到通往屋內的樓梯間。

從樓頂下到三樓的途中沒有埋伏。

但是從頂樓樓梯往下踩第一階的下一瞬間，達也遵從「精靈之眼」以外的第六感——遵從直覺提供的危機認知蹲下來，左手舉到臉部前方。

手心展開事象改寫的力場，將前方牆壁射來的子彈分解。

從表面現象來看是流彈，卻沒有子彈反彈的聲音。

然而達也不抱驚訝與疑問。他在分解子彈的同時，讀取了敵方所發動魔法的性質。

子彈被賦予了剛好包覆子彈的反射力場。設定只對特定物質起反應，賦予像是橡皮球般反彈性質的魔法。設定起反應的材質條件是牆壁與天花板使用的石膏板。

達也單腳跪地壓低身體，子彈發出尖銳聲音彈跳穿過達也身旁。緊接著，下一槍命中他所在位置的下一階。看來對方的瞄準在某種程度是依賴偶然。第一槍就某種意義來說是歪打正著。

第四槍的子彈沒射過來。

達也沒讓對方發射。

樓下響起驚愕的聲音，PDW的零件散落在地面。

不用說，是達也造成的。

以聲音確認敵人暫時失去戰力的達也，一口氣衝下階梯。

敵兵已經拿著手槍。身為士兵，沒有就這麼愣在原地或許是理所當然，他們也確實接受過精良的訓練吧。即使如此，依然還不到舉槍瞄準的階段。

達也扣下「三尖戟」的扳機。

最前排正要架槍的三人手腳穿孔。截斷神經的傷口，以現代醫學來說可以治癒，但是必須在醫院接受治療，無法光靠急救就讓四肢再度能動。別說能動，神經被分解的劇痛使得意識難以維持，即使免於昏迷也無法維持正常的思考能力吧。

第二排的兩名士兵無視於失去戰鬥力的同袍，拿著像是大型手電筒的圓筒朝向達也。

達也認知到對方朝他照射想子波。

（發射想子波雜訊，阻礙術士讀取CAD輸出的啟動式嗎？）

不是單純憑感覺，而是實際理解攻擊手法。

（模仿晶陽石性質的反魔法師裝備。但是性能不如晶陽石。）

達也「沒使用ＣＡＤ」就發動分解魔法，消除想子雜訊。

他幾乎間不容髮就扣下「三尖戟」的扳機。

不只是使用反魔法師裝備「演算干擾」朝達也發射想子波的兩人，另外三名警備兵也從四肢噴血滾倒在地。

達也面前沒有任何阻礙了。為了以防萬一，他以「眼」掃描所有警備兵的全身，以分解魔法讓他們身上的槍與炸彈都無法使用。

然後達也以魔法斬斷卡諾普斯牢房的鎖。

右手的「三尖戟」收回槍套。左手握著剛才搶來的手槍。

達也只伸手開啟這扇外開的門，沒進入房間。

就這麼經過十秒左右。

從入口看進去成為死角的房間一角，一個高瘦人影走出來和達也面對面。

鬍子剃得乾乾淨淨，亮棕色頭髮梳得服貼。淡褐色雙眼沒有憔悴的神色。完全沒有「囚犯」這個詞聯想到的窮酸感。

「是班哲明．卡諾普斯少校沒錯吧？」

達也早就知道他是本人。這算是對話的開端。

「沒錯。你是？」

「我接受參議院議員懷亞特・柯蒂斯的委託前來。」

「柯伯的？」

達也一瞬間聽不懂卡諾普斯這句話而不知所措，但他暫且解釋為「柯蒂斯伯爺」的簡稱——這或許是他們家族內部使用的尊稱，但達也只要知道這是在說懷亞特・柯蒂斯就夠了。

「這東西寄放在我這裡。」

達也將柯蒂斯先前透過「維吉尼亞」艦長寄放給他的戒指遞給卡諾普斯。雕刻在戒面的細膩紋章，卡諾普斯注視了數秒，接著他將戒指套在自己左手小指。

「確實無誤。」

卡諾普斯微微點頭。看來戒指足以證明達也是使者。

「我受託協助貴官逃獄。」

「知道了。」

卡諾普斯沒問理由，也沒問達也的身分。達也心想，看來卡諾普斯無法違抗懷亞特・柯蒂斯的指示。

「方便的話，和我一起被關的部下可以一起帶走嗎？」

雖然應該不是悉聽尊便的代價，但卡諾普斯就這麼停在原地開口。

「明白了。知道部下被關在哪裡嗎？」

「知道。我來帶路。」

「拜託了。這個拿著。」

達也點頭回應卡諾普斯的要求，將剛才在樓頂沒收的手槍給他。

「……可以嗎？」

「應該沒辦法代替武裝演算裝置，但姑且是護身用的。」

卡諾普斯愛用日本刀類型刀劍搭配ＣＡＤ的武裝演算裝置。他聽達也說完之後微微蹙眉，應該是因為自己的戰鬥風格為人所知而提高警覺吧。

「感謝協助。」

不過卡諾普斯開口如此回應，走向階梯。

卡諾普斯與達也前往距離約兩百公尺的監獄建築。

途中沒遭受攻擊。看到自動槍座被精準破壞，卡諾普斯露出驚訝表情，但是走在後方的達也看不見。

這棟建築物和囚禁卡諾普斯的那一棟差不多大，房間數量卻多得多。看來囚禁卡諾普斯的監

獄是高級軍官專用，這棟是拔階的囚犯專用。

卡諾普斯不時做出感應氣息般的舉動，穿過走廊上樓。他停在二樓靠中央的一扇門前。

「在這裡。」

達也默默點頭回應卡諾普斯這句話，抽出附護甲的戰鬥刀。

刀子往下揮的途中，刀尖形成分解魔法的力場。

門鎖毫無抵抗就被刀斬斷。

「分子切割？不對……」

達也沒對卡諾普斯的低語起反應，打開比起監獄更給人倉庫印象的這扇門。

卡諾普斯從按住門的達也身旁經過，慎重入內。

「隊長！」

「拉爾夫。」

不過牢房深處傳來的聲音緩解卡諾普斯的緊張。

紅髮剪得不上不下的偏瘦青年快步走過來。是STARS第一隊少尉，卡諾普斯的直屬部下拉爾夫・厄格魯。

卡諾普斯也緩緩走向青年。

卡諾普斯在只差一步就碰得到他的位置停下腳步，伸出右手要和他握手。

但是青年突然蹬地穿過卡諾普斯身旁。

手握刀子要襲擊達也。

然而他開始突擊的下一瞬間，拉爾夫．厄格魯外型的這名青年沐浴在想子洪流之中。

青年的外型產生變化。

紅髮與偏瘦體型維持原樣，長相變成另一個人。

「術式解體？」

卡諾普斯的聲音，以呢喃的標準來說有點大聲。

達也施放的術式解體效果不只是拆除對方的偽裝魔法。如今不該稱為青年的這名中年男性，腳步與姿勢也因為術式解體而失去平衡。

男性沐浴在想子洪流導致身體功能失控，達也握刀的右手刺向他。

打入男性腹部的不是特殊鋼材的刀刃，而是鈦合金的護甲。心窩遭到重擊的男性翻白眼無力倒地。

「這傢伙是『煤袋』的成員嗎……」

卡諾普斯轉身低頭看向男性臉孔，板著臉說出他的真實身分。

這句話傳到達也耳中，但他沒要求卡諾普斯說明「煤袋」是什麼。

狀況不允許他這麼要求。

沒關的門外扔進一個拳頭大的物體。

「手榴彈?」

卡諾普斯的叫喊和達也的認知一致。

卡諾普斯推倒桌子，躲在桌板的後面。

達也以魔法將手榴彈扔回去。人造魔法演算領域加上閃憶演算發動的魔法，在這種狀態發揮的發動速度，即使補足威力上的缺陷還有剩。

然而敵方也不是省油的燈。達也扔回去的手榴彈，在門口反彈回到室內。不是因為敵方關上門，是敵方沿著門口設下反物資護壁。

達也發動飛行魔法。

爆裂物的威力和距離的平方成反比。趴在地面是為了避免被飛散的碎片直接命中，但是如果考慮到和爆炸位置的距離，比起趴在地面，貼在天花板肯定距離地上的手榴彈更遠。

而且為了減少飛行時的阻力，飛行魔法內含的術式會產生空氣之繭固定在身體周圍。這種空氣繭的強度可以承受相對風速數百公里的逆風。面對小型炸彈的爆風，可以期待空氣繭發揮護盾的效果。

但是在這個狀況，達也的機靈不太管用。

手榴彈爆炸。爆風沒什麼大問題。

沒有高速噴灑的碎片，而是高速擴散的黑煙。

（是煙霧彈！）

達也關閉飛行魔法降落在地面。如果敵方的企圖是遮蔽視線，他貼在天花板將是最佳靶子。

頭盔護目鏡顯示煙霧的分析結果。

——非致命性——

——無麻痺成分——

——無催淚成分——

——呼吸器官與角膜受到些許傷害——

（換句話說，單純只是剝奪視野的煙幕嗎？）

達也感應到擋住門口的反物資護盾消滅。

頭盔護目鏡映出的視野，自動切換為紅外線模式，卻沒有人影入侵牢房。

不過達也的「眼」捕捉到一名男性無聲衝過來的「身影」。

從情報重新建構的人影，身上的隱形裝甲能讓釋放的紅外線和室外氣溫一致，並且以超音波確保視野。這名男性沒戴上將超音波視覺化的護目鏡，所以應該是他本身的特殊技能。總歸來說就是「蝙蝠男」吧。

無論如何，既然對方拿刀砍過來，這邊只需反擊。達也以右手護甲架開敵方刀刃，以左手抓住他的額頭，在這個狀態發動振動魔法，從左手掌注入振動波。

振動波源自無法輸出強大威力的人工魔法演算領域，不會造成致命傷。

但是強度足以引發腦震盪。

「蝙蝠男」跪倒在地。倒下的姿勢似乎怪怪的，但即使頭部重擊，達也也不會關心那麼多。

說起來，他沒有這種時間。

後續的敵人從倒地男性的後方接近。而且不是一兩人，合計八人。

（極限了嗎？）

到目前為止，達也和警備兵戰鬥的時候都避免下殺手。他受託負責的工作是協助卡諾普斯逃獄與抹殺寄生物，不包括殺害非寄生物的美軍。如今達也不會將殺人視為禁忌，卻也不希望產生無謂的遺憾。

不過這種理念的優先順位沒高於任務的達成。

門外扔進一顆砲彈。田徑比賽使用的那種鉛球不是以拋物線，而是以直線軌道襲擊達也。時速約兩百公里。看起來沒有魔法運作當中，推測是只在發射的時候以魔法加速。

卡片描繪弧度射來。乍看只是塑膠卡片，磨利的邊角卻包覆著高強度樹脂。同樣沒有魔法運作當中。應該是以魔法調節卡片的速度、角度與旋轉數，利用卡片本身微妙的弧形加工形成圓弧軌道射向目標。

兩種攻擊都加入避免魔法偵測的巧思。

達也「分解」鉛球與卡片，將八名襲擊者的心臟全部射穿。

戰鬥刀朝下射向腳邊蠢動的殺意。

即使腦震盪依然企圖朝達也發射彈簧飛鏢的「蝙蝠男」被刺穿喉嚨斷氣。

最初倒下的紅髮男子沒動作。看來戰鬥告一段落。

依然盤踞在室內的煙幕，達也捲起微弱的氣流排到走廊。

「居然不讓煤袋發揮本事就將其殲滅……」

卡諾普斯從倒下的桌子後方起身，以難掩驚訝的語氣輕聲說。

「你說的『煤袋』是這些傢伙的隊名？」

忽然冒出的疑問驅使達也詢問卡諾普斯。

「沒錯。illegal MAP的煤袋分隊。在美國也是頂尖的非法暗殺部隊……」

卡諾普斯看向達也的眼神不是讚賞，是警戒。

「暗殺者只在偷襲的時候會成為威脅吧？」

正面進攻的暗殺者不足為懼。這是達也要表達的意思，不過這句話並非謙虛或自豪，比較像是接話用的附和。

「不提這個，煤袋分隊總共十人嗎？」

達也只是想問這個。總歸來說，他在意是否還有其他敵人。

「啊，嗯。illegal MAP還有另一個叫做『角錐』的分隊被關在這裡，不過他們專精的是美人計，在這個狀況應該不會出馬。」

「知道了。」

達也以「精靈之眼」掃視室內。這麼做是為了確認是否有陷阱或伏兵，但他找到別的東西。

「少校，有人被綁在床底下。他是不是貴官的同伴？」

卡諾普斯連忙衝到床邊，窺視床底。

「拉爾夫！」

拉出來的紅髮青年拉爾夫・厄格魯大概是聞過某種藥物，即使搖晃他也沒有清醒的徵兆。

卡諾普斯為厄格魯鬆綁，左手抱住他的雙腿，讓他的上半身倒在自己背後，用左肩扛起他。

「看來這裡不會危害他的生命，我覺得留下他比較好吧？」

「不，我要帶他走。」

卡諾普斯不聽達也的建議。

達也也只是「說說看」罷了。他沒要說服卡諾普斯放棄。

「你要帶走的部下只有一人嗎？」

相對的，達也這麼問。

「抱歉，還有一人。」

「知道了。快走吧。」

卡諾普斯點頭回應達也這句話，扛著厄格魯開跑。

在只收容女性的建築物裡，達也沒遭受明顯的抵抗就救出亞莉安娜・李・肖拉少尉。肖拉少尉和厄格魯少尉不同，沒被綁住也沒被迷昏。

達也反而懷疑這是陷阱。但是無論有無陷阱，要做的事情都一樣。

「要搶車離開。你們知道哪裡有車嗎？」

距離飛行車停放的場所有一段距離。達也並不是無法抱著三人飛行，但機動性會大幅下降。卡諾普斯與肖拉沒有ＣＡＤ，不確定他們遭遇槍擊能自保到什麼程度，厄格魯則是還沒清醒。可以的話想避免使用解放裝甲的飛行功能逃離。

「兵器庫前面有通用車。」

肖拉回答達也的問題。

「我在自己的單人牢房看過。在這裡。」

達也原本要問「妳為什麼知道？」這個問題，但肖拉搶先回答，要為達也與卡諾普斯帶路。

「慢著。到我後面指路。」

但是達也叫住她並且超越，將她保護在身後。

肖拉臉上掠過一絲困惑。她不知道這個人為何將背部暴露在初次見面的她面前。

她以眼神詢問卡諾普斯「這是怎麼回事」，但卡諾普斯只有搖頭並未回答。

卡諾普斯已經猜到達也的真實身分。他將達也視為一級警戒對象，將達也的情報深刻在自己的記憶，所以比肖拉更無法理解達也為何展現出缺乏戒心的樣子——不過以達也來說，只不過是因為「我也『看』得見後面」罷了。

兵器庫前方終究有警備兵。

約五十人，相當於一個小隊。以平常的警備人數來說太多了，恐怕是預先等在這裡迎擊達也他們。就達也所「見」，隊裡也包括相當強力的魔法師。

物理視線被建築物擋住。但是不只達也，對方似乎也察覺這邊接近。整個小隊的士兵一齊將槍口向前。

他們架起的武器是武裝演算裝置。展開的啟動式是移動系魔法「彈道曲折」。將飛行物體的軌道彎曲或折曲一次的魔法。主要用途是射擊躲在掩蔽物後方的敵人。

達也抽出「三尖戟」扣下扳機。

警備兵的武裝演算裝置射出子彈，達也在同一時間發動魔法。

警備兵的子彈沒轉彎，筆直往前。這是達也以「自己前方一百公尺範圍發動的『彈道曲折』

魔法式」為目標對象使用「術式解散」的結果。

武裝演算裝置基於性質，沒有全自動射擊模式。因為ＣＡＤ再怎麼自動化，魔法師使用時的處理速度也追不上。三連發射的子彈全部筆直往前，也就是消失在毫不相關的方向，警備兵準備再度輸出啟動式。

但是達也的魔法先發動了。

約五十名士兵以半數為一組，在極短的延遲時間依序從右大腿根部噴血踉蹌。下一瞬間，左大腿根部也同樣流血，眾人一齊潰敗倒地。

接著雙臂根部也開出細小的孔洞，一個小隊的警備兵完全失去行動力。達也剛才決定不再手下留情，但是在這裡消滅整個小隊可能還是會夜長夢多，這是他改變想法的結果。

如果對方是魔法師，即使手腳動不了也可能反擊，但達也看開認為到時候再說——為求謹慎補充一下，並不是看開認為自己被打敗也沒關係，而是看開認為「到時候再殺掉就好」。

確認警備兵暫且喪失戰鬥能力之後，達也從建築物暗處衝出去。

卡諾普斯與肖拉緊繃表情跟在他身後。即使在STARS這兩名精銳眼中，達也的戰鬥力也強得亂七八糟。

肖拉輕聲說「分子切割……投擲槍？」的原因，應該是誤以為達也的局部分解魔法是STARS第四隊佐伊・斯琵卡中尉使用的「分子切割投擲槍」。兩者造成的結果確實很像。

在西方餘暉也逐漸被淺色夜幕支配的天空下，達也等四人衝向通用四輪車。卡諾普斯坐上駕駛座，肖拉與還沒清醒的厄格魯坐進後座。

達也從附近倒地的士兵們那裡回收數把武器，站在副駕駛座旁邊。

感到疑惑的卡諾普斯以視線催促達也上車，看到他將ＣＡＤ「三尖戟」朝向兵器庫。

（──確認無人。）

裡面沒有任何人。

（──取得目標對象的材質情報。）

將槍砲或戰鬥車輛分解為零件時，必須取得目標對象在機械構造上的情報。情報量和目標對象的複雜程度成正比，而且是以等比級數增加。使用「重組」的場合，必須同時取得目標對象的構造與材質組成情報。

不過如果是使用「雲消霧散」將目標對象分解到元素層級，只要取得材質的組成情報即可處理。和目標對象的體積或機械上的複雜度無關。要將大規模物體「分解」的時候，與其分解為零件，分解到元素層級對達也造成的負擔反而比較小。

達也以兵器庫及其內部的所有兵器為目標對象，發動「雲消霧散」。

三層樓的無窗建築物輪廓變得模糊。

下一瞬間，彷彿幻影般消失。

兵器庫原址揚起粉塵。

席捲而來的粉塵，使得肖拉連忙關閉車窗。

達也迅速坐進副駕駛座，對目瞪口呆的卡諾普斯說「出車」。

連接監獄腹地內外的閘門前方，部署了和兵器庫前方同等人數的警備兵。

但是達也的應對方式和剛才不同。

達也緩緩取出剛才在兵器庫前面從警備兵身上沒收的手榴彈。

「喂！」

無視於慌張的卡諾普斯，達也打開車窗拔掉手榴彈的安全針。這種武器的使用方法從百年前就幾乎沒變。

右手扔出的手榴彈以魔法加速，飛向警備兵的隊列。

敵方魔法師試著干涉手榴彈的軌道。捕捉到手榴彈的「方向反轉」魔法式，達也無須任何動作就加以「分解」。

依照魔法運用的原則，據說不能將複數魔法同時使用在單一物體或現象。若違反這個原則，所需的事象干涉力大多會增加，造成魔法師無謂的負擔，而且只有一種魔法會成功。更壞的結果是嘗試使用的魔法全部失敗，這種例子也不算少。

像是正規軍這種訓練有素的戰鬥集團，都是嚴格遵守這個原則。以現在的例子來說，為了阻止手榴彈到達而行動的魔法師只有一人。

這個魔法被消除了。即使因為事情進展出乎意料而慌張，警備兵那邊依然試著再以相同的魔法反彈手榴彈。

補救一次已經是極限。

第二次的「方向反轉」也被達也消除，手榴彈接近到警備兵的頭上。

而且不只一顆。

達也在兵器庫前方搶來的手榴彈共四顆。在閘門前方排成橫列架槍阻止達也等人駕車逃離的士兵們，被達也接連投擲手榴彈。

手榴彈在警備兵隊列上空三公尺處輪流爆炸。

尖銳的碎片高速灑落在士兵們的頭頂。

警備兵單手舉到頭頂，蹲下來保護身體不被碎片打傷。

士兵們的視線從達也等人搭乘的車輛移開。

當他們聽到響亮喇叭聲抬頭時，看起來就很堅固的小型通用四輪車已經進逼到眼前。

排成一條橫列的警備兵們，反射性地逃離四輪車的行進路線。

布陣士兵人數大約是聚集在閘門前方警備兵的四分之一。

另外四分之三的士兵們紛紛朝四輪車開槍。

但是達也偷的車雖說是通用車，依然是加設裝甲的軍用車輛。子彈命中車身的數量也只有整體的一成左右。警備兵開槍造成的傷害無法妨礙車輛行駛。

卡諾普斯駕駛的四輪車穿過達也預先消除鐵門的閘門，逃離監獄腹地。

逃離中途島監獄的腹地之後，沒有車輛或直升機追過來。美軍想必不會眼睜睜放過入侵者與逃獄犯，所以應該正在重整態勢吧。

「停車。」

在看得見飛行車的位置，達也指示卡諾普斯停下四輪車。

他坐進飛行車的駕駛座，就這麼開著車門呼叫卡諾普斯與肖拉。

「上車吧。」

兩人沒有拖拖拉拉或不知所措。卡諾普斯從四輪車後座拖出厄格魯扛在肩上，衝向飛行車。

肖拉坐進飛行車後座，在車內協助昏迷的厄格魯上車。

「不用關門沒關係。」

卡諾普斯點頭回應達也的提醒，繞過ＳＵＶ外型的車身坐進副駕駛座。

達也操作之後，四扇車門同時關閉。

「這是什麼？水陸兩用車？」

車窗是封死的，一般汽車的行李箱空間安裝真相不明的機械。卡諾普斯環視這樣的車內，不由得如此詢問。

「不。」

達也一邊回答，一邊發動飛行魔法。

「是空陸兩用。」

卡諾普斯倒抽一口氣，肖拉輕聲哀號。達也以此為ＢＧＭ，讓飛行車迅速起步。

◇◇◇

「司波先生的飛行車發出返回的訊號了。」

通訊士這句話引起艦橋一陣騷動。

「從出擊算起三十分鐘，實際作戰時間二十分鐘啊……知道中途島監獄的受損狀況嗎？」

核子動力潛水航母「維吉尼亞號」艦長麥可．柯蒂斯詢問情報人員。

「反艦砲、對空砲台、對人砲台全部損毀，兵器庫也消滅了。」

情報人員流利回答，因為柯蒂斯艦長預先命令收集中途島監獄的相關情報。

「監獄樓房本身沒受損嗎？」

艦長以略感意外的語氣反問情報人員。

「沒發現嚴重受損。」

（這個結果挺和平的……不對。）

柯蒂斯艦長在內心低語，接著重新換個想法。

（只有局部區域受損，在這個場合應該解釋為這是攻擊者行有餘力的證據。）

（中途島是軍事監獄，同時是輔助珍珠與赫密士環礁的補給基地。）

（只憑放水的戰力，短短二十分鐘就實質攻陷那座基地……）

（……達也。如果你不是伯父的座上賓，我就會以「維吉尼亞號」全力送你進海底了。）

（真希望今後也和你維持「良好的關係」。）

「迅速上浮待命。飛行甲板準備收容「飛行車」降落。然後將這件事轉達給新發田先生。」

柯蒂斯艦長隱藏內心的躁動，為了完成現在肩負的職責向船員下令。

發出返回訊號約七分鐘後，飛行車出現在「維吉尼亞號」潛航的海域上空。

「維吉尼亞號」的巨大身軀浮上夜間的海面。飛行車不是在核子動力潛水航母上空盤旋，而是移動到正上方靜止不動。

「維吉尼亞號」的外殼滑動開啟，出現飛行甲板。

飛行車垂直下降，無聲降落在飛行甲板。

船員跑了過來。

首先是副駕駛座的卡諾普斯，接著是肖拉打開右側的後座車門下車站在甲板。

卡諾普斯將昏迷的厄格魯從車內拖出來，在跑過來的船員協助之下抬上擔架。

達也在這之後走下飛行車。

「首先恭喜你第一階段任務成功。」

船員開始為飛行車補給（為大容量電池充電），勝成從船員後方現身，對達也這麼說。

「謝謝。」

達也打開頭盔的護目鏡回應勝成的祝賀。

「你立刻就要再度出擊吧？回報本家的工作交給我吧。」

「麻煩您了。」

對於勝成的自告奮勇，達也微微低頭致意。

「方便的話，救出卡諾普斯少校的消息，可以請您也告知巳燒島嗎？」

然後達也抬起頭，向勝成如此要求。

「說來可惜，我做不到。巳燒島沒派駐心電感應的接收者。」

本次作戰回報本家的方式，是利用心電感應者的特殊技能。能夠間隔這麼遠進行通訊的心電感應能力，即使在四葉家旗下也只有數人擁有，而且都直屬於本家。這次是本家將這些寶貴的能力者出借給勝成。」

「說得也是。」

「傳送給本家的通訊，我會附上傳話給巳燒島的委託。」

勝成沒回應達也的要求，相對的，他允諾叮嚀要將報告轉達給巳燒島的深雪與莉娜。

讓飛行車急速充電完畢的達也，從降落起算不到十分鐘就再度出擊。

連絡本家的心電感應通訊隨後進行。

而且救出卡諾普斯的消息立刻從本家轉達給巳燒島。

◇　◇　◇

收到中途島遇襲的消息之後，珍珠與赫密士基地立刻匆忙進行出擊準備。

當初的目的是將襲擊中途島「基地」的敵人擊退。

但是後續收到的消息指出，將卡諾普斯少校、厄格魯少尉、肖拉少尉「擄走」的襲擊犯已經以小型飛行機械離開沙島，所以他們維持出擊戰力的編制，將任務改成以對空反潛驅逐艦與戰鬥機追捕犯人。

在出擊的軍人與留在基地的軍人都手忙腳亂的狀況中，並非軍人的雷蒙德前往水波病房造訪光宣。

「襲擊中途島的是達也吧？」

這個話題和即將開始的作戰有關，所以可能稱不上閒聊，但雷蒙德本人完全是以好奇為本。

光宣回應「大概吧」肯定他的詢問。

「必須達到達也這種功力，才能如此完美隱藏魔法的痕跡。」

「不是『除了你以外做不到』嗎？」

「我只是巧妙瞞騙，沒辦法像達也那樣高明隱藏。」

對於雷蒙德像是消遣的這句話，光宣露出正經表情搖了搖頭。

「啊啊，是喔。」

雷蒙德一臉掃興地附和。

「哎，算了。」

但他立刻回復為帶著愉快氣息的神色。包括各種風波在內，現狀是「七賢人」雷蒙德・S・克拉克喜歡的演變。

「安塔列斯少校與薩魯格斯中尉好像也要以驅逐艦『瑟瓦利耶號』出擊……咦？還是『瑟瓦利亞號』？」

光宣覺得叫哪個名字都好，但雷蒙德好像無法就這麼扔著這個問題，取出行動終端裝置進行搜尋。

「啊啊，果然是『瑟瓦利耶號』。他們說『香格里拉號』也會一起出港。艦載機『大角鴞』好像要出擊十架以上。」

「這是真的嗎？」

「香格里拉號」是以珍珠與赫密士基地為母港的航母，也扮演基地的機場角色。「大角鴞」是代號F－141，隱形性能優秀的多用途戰機，也是「香格里拉號」的主戰力艦載機。「香格里拉號」搭載的「大角鴞」共六十架。其中的六分之一以上要出擊，光宣驚訝也是理所當然。

「這代表他們將達也視為這麼危險的對手，但我覺得這是妥當的判斷。」

光宣沒反駁雷蒙德這段話。光宣只和達也進行過人對人層級的魔法戰鬥，但在直接對決的過程中，他直覺理解到達也的真正價值在於戰術層級以上的大規模戰鬥。剛才在中途島發生的事件就證明這一點。即使不使用戰略級魔法，達也依然是足以破壞軍事基地的威脅。USNA軍如此應對絕不誇張。

「這座基地也不認為自己阻止得了達也……啊啊，『瑟瓦利耶號』與『香格里拉號』好像出港了。安塔列斯少校與薩魯格斯中尉逐漸遠離。」

從病房窗戶看不見港口，但雷蒙德好像是從寄生物互通的頻道感受到這一點。

「光宣，我覺得只有現在喔。」

雷蒙德說得語帶玄機。

「什麼事？」

光宣在反問的同時，隱約明白雷蒙德想說什麼。

「要是達也來到這裡，這次真的逃不掉。你不想和他起衝突吧？那現在就是機會。現在這座基地只剩下斯琵卡中尉。」

雷蒙德說的很對。

這座海上基地——人造島上無處可逃，「扮裝行列」與「鬼門遁甲」都因為這裡太小所以不管用，若想繼續逃亡只能出海。

「……不行。」

但是光宣無力搖了搖頭。

「現在還不能動到水波小姐。」

水波先前強行使用魔法所受到的傷害幾乎沒回復。她每天以睡眠度過大半時間，是因為自我防衛功能正在運作，藉由克制自主活動減少對於潛意識領域的刺激，讓失控的魔法演算領域沉靜下來。要是外部給予強烈刺激，意識就會強迫清醒，很可能成為導火線造成魔法演算領域過熱。

「那麼，即使只有你一人也應該逃走，只要你活著，就有機會『取回』她吧？」

光宣感到意外，眨了眨眼睛。

雷蒙德現在不是以往那種隱約透露冷笑，凡事都當成好戲看的冷嘲熱諷態度。不知為何，光宣覺得他像是在懇切關心他與水波。

「不……我做不到。」

然而光宣沒同意雷蒙德這段話。

光宣覺得要是在這裡放開水波，將會再也碰不到她。達也與深雪都不是那麼好應付的對手，應該再也不會讓光宣有機可乘吧。

最重要的是，他還不想離開水波。

不是為了治療水波，也不是為水波症狀的惡化負起責任。簡單來說，這是不捨。

「光宣……」

雷蒙德沒有繼續說出強硬勸他逃亡的話語。不知道是心態怎麼變化，抑或是心血來潮，雷蒙德看起來由衷擔心光宣。

「……知道了。既然這樣，我也奉陪吧。」

「啊？不，這樣不妙！」

雷蒙德這句話令光宣驚愕。

「雷蒙德，你才非逃不可吧？如果達也抓到你，狄俄涅計畫會被說成寄生物的陰謀！」

寄生物和狄俄涅計畫沒有直接關係。但如果是達也，為了擊潰針對他的陰謀，應該會輕易扭曲事實吧。達也會毫不猶豫做出這種程度的事，光宣在他身上感受到這種恐怖。

「要是變成這樣，就再也不只是你和你父親的問題，可能會發展成美國的信用問題，進而撼動世界的秩序啊！」

光宣一直以私人情感行動至今。即使為此脫離人類的道路，拋棄人類的身分，他也不後悔。

但他不希望為全世界添麻煩。

「沒關係，這樣也很有趣。」

雷蒙德以純真表情笑給光宣看，他是理解了光宣的話語才露出這種表情。

「雷蒙德！」

「我也已經不是人類，人類的世界變得如何都沒關係，而且狄俄涅計畫確實是各國串通的陰謀，美國遭到全世界的抨擊也是自作自受。」

「可是……」

「光宣。」

雷蒙德打斷光宣的反駁，咧嘴一笑。

「比起國家或世界的動向，我更想見證你們的將來。」

出乎意料的話語使得光宣睜大雙眼。

「你們兩個，該怎麼說……非常浪漫，比任何電影裡的情侶都浪漫，我只要看見你們就會這麼認為，老實說，我超羨慕你們。」

「…………」

「所以我想知道你們這段故事的結局，而且我希望這是快樂的結局。」

雷蒙德不好意思地笑了。

「為了讓你們確實迎接快樂的結局，光宣，你現在應該逃走。」

「雷蒙德……」

操作假情報，再度將寄生物邀入這個世界的雷蒙德。

拋棄人類身分，殺害灌溉親情的爺爺，引起諸多混亂的光宣。

即使是這樣的兩人，現在這個空間流動的氣氛依然溫柔。

——但是世界不會只以溫柔作結。

「這可不行。」

突然傳來的話語以及迅速開門的聲音，引得光宣與雷蒙德回神轉頭。

他們剛才專心交談，至少注意力沒移向別處。

因此他們輕忽大意，沒察覺接近過來的「同族」氣息。

兩人轉身看見的，是朝他們伸直右手食指的佐伊．斯琵卡。

血花飛濺。

「光宣！」

斯琵卡在開門同時施放的「分子切割投擲槍」貫穿光宣胸口。

「不是致命傷。」

「妳說什麼？」

「給我閉嘴。」

面對咄咄逼人的雷蒙德，斯琵卡投以冰冷的眼神。

「——！」

「不准做出危害美國的行徑，我要你們三人立刻從這裡移動。」

「為什麼……？」

光宣以前傾的姿勢按住胸口，痛苦詢問。

「九島光宣、雷蒙德．克拉克。要是日本人掌握了聯邦軍藏匿你們的證據，將會成為美國外交上的不利材料。」

「……水波小姐還需要靜養，是『你們的』襲擊害她變成這樣。」

「『你』沒來這裡就不會發生這種事。」

斯琵卡駁斥光宣的控訴，不只如此，還示意身後待命的士兵們入內。

進入病房的士兵共四人，他們將槍口朝向光宣、雷蒙德與水波。

「乖乖跟我們走就不會沒命。」

「——如果只限我們兩人，那麼跟妳走也無妨。」

光宣站直身體，他的聲音沒有痛苦，按著胸口的手移開之後，該處只剩下血跡。

「你……！」

察覺傷口消失的斯琵卡連忙建構魔法。

但她再也不能做出任何事了。

甚至無法出聲哀號。

斯琵卡的身體熊熊燃燒。

闖進病房的士兵身體熊熊燃燒。

那是釋放系魔法「人體引火」。

讓人體的魔法防禦失效，進而從構成細胞的分子強行抽取電子釋放到體外。在皮膚表層產生的放電呈現出像是人體自然引火現象的外觀，所以命名為「人體引火」，但實際上是將分子結合所需的電子奪走，導致細胞在分子層級崩毀的恐怖魔法。

光宣發動魔法的速度高於斯琵卡發動魔法的速度，也高於訓練有素的士兵扣扳機的速度。

火沒延燒到病房。當然也沒延燒到水波的病床與水波本人。

光宣使用「人體引火」的同時，也完美控制該魔法產生的放電現象。

斯琵卡與四名士兵在極短時間內，從這個世界消失得無影無蹤。

寄生物鑽出「灰燼」。是寄宿在斯琵卡體內的寄生物主體。

光宣輕鬆抓住，儲存在自己的「內部」。

「……雷蒙德。」

光宣以缺乏情感的聲音叫著雷蒙德的名字。

「啊，啊啊。」

「看來我在這裡也待不下去了，一起離開吧。」

「……知道了。」

雷蒙德以吞下各種話語的表情點點頭。

「可以在走廊等我一下嗎？」

「……好。」

雷蒙德照他所說，從病房往外走。

雷蒙德將手搭在門上，抱持關懷的心態轉過身來，他視線前方是露出哀傷表情佇立在水波枕邊的光宣。

當晚，珍珠與赫密士基地裡，點亮無數像是煙火的燈火。

燈火的數量等同於人命的數量。

光宣與雷蒙德以恐懼將基地納入掌控，帶著基地的倖存者搭乘修理完畢的運輸艦「珊瑚號」離開珍珠與赫密士基地。

◇◇◇

正以驅逐艦「瑟瓦利耶號」出擊的安塔列斯少校與薩魯格斯中尉，幾乎同步得知斯琵卡中尉的死。

「隊長……」

「不可能，而且沒意義。」

薩魯格斯沒說出口的問題，安塔列斯如此回答。

薩魯格斯對這個判斷沒有異議。他也知道不可能又沒意義，所以沒明確詢問是否要回頭。

不能將襲擊中途島的犯人置之不理，這攸關的不只是聯邦軍的面子，獨力攻陷中途島的戰鬥魔法師，光是目前展現的實力就是非得立刻處理的威脅，如果推測這個人是引發「灼熱萬聖節」的戰略級魔法師就更不在話下。不可能說得出「中止作戰返回珍珠與赫密士基地」這種話。

而且斯琵卡中尉已經死亡，寄宿在她體內的主體不知道跑去哪裡，但遲早會被吸引到我們這裡吧。我們寄生物就是這麼回事，現在能做的事連一件都沒有。

——要是他們知道不只斯琵卡一個人犧牲，應該會立刻呈報艦長要求立刻掉頭返回。肯定會想要阻止正在襲擊珍珠與赫密士基地的災難。

然而安塔列斯與薩魯格斯都沒有達也或光宣那種「視力」。要是將魔法知覺集中在大後方，或許會察覺到散播死亡的光宣魔法，但他們的注意力朝向西方的中途島與更遠處。

而且不只是大後方有破滅正在等待著他們。

◇　◇　◇

從「維吉尼亞號」再度出擊約八分鐘後。

達也在珍珠與赫密士環礁西方約一百公里處的空域遭遇敵人。

和融入黑暗的戰鬥機擦身而過。如果對方是普通飛機，這個距離會形容為「險撞事故」。

飛行車的雷達沒反應，看來對方也具備高超的隱形性能。

飛行車的電磁波迷彩對可視光也有效，但是距離透明化還差得遠。在觀測者眼中就像是籠罩著順應天候與亮度的煙幕飛行吧。例如在現在這種無雲的夜空，看起來肯定像是深藍色的模糊物體。如果是眼尖的駕駛員，靠得這麼近的話或許會發現。

達也開啟向「維吉尼亞號」借來的無線電。預設為美國海軍通訊頻率的無線電，捕捉到艦載機之間的通訊。

（ＵＦＯ？）

揚聲器傳出「ＵＦＯ」這個詞。達也在內心納悶，卻立刻察覺是在說他駕駛的飛行車。籠罩濃霧又不發熱（嚴格來說是釋放出和外部氣溫相同頻率的紅外線）的飛行車確實是ＵＦＯ（不明飛行物體）吧。

不過，現在不是溫吞贊同的場合。如果美軍戰機彼此以「ＵＦＯ」形容這輛飛行車，換句話說就是掌握了這邊的行蹤。

儀表板的螢幕上，單張畫面彈性分割成複數視窗，顯示各種資料與圖像。部分視窗顯示戰鬥機的比對結果。

（Ｆ－１４１「大角鴞」嗎？）

雖然總合能力不如美國空軍現在的主力戰鬥機「冠鵰」，卻以兼顧隱形性能與低速性能的機體成為艦載機的熱門選擇。這是達也聽到的世間評價。

（既然這樣，航母很可能來到附近。）

達野心情上想要無視於航母，前去救出水波。但是考慮到飛行車與艦載機的速度差距，結論是應該在這裡發動攻擊。飛行車的機動性能不輸戰機，卻無法超越音速，要是直線追逐很快就會被逮到。

（雖然不想讓美軍受創太重……）

達也完全沒考慮自己被擊墜的可能性，將不同於飛行演算裝置另外裝備的車載ＣＡＤ開啟。瞄準是依賴他自己的「眼」。兩架「大角鴞」像是要包夾飛行車，以些微的高度差距接近。

達也讓飛行車垂直下降。

機槍子彈貫穿飛行車的殘影。

對方先開火，因此達也變得「稍微」輕鬆——不過要做的事情到頭來還是一樣。

除了在頭上交錯的兩架，達也還「看見」八架「大角鴞」分成兩架一組，從四個方向接近過來。雖然並不是無法同時擊墜，但還是應該依序處理吧。

達也朝兩架「大角鴞」發動「雲消霧散」。

戰鬥機化為粉塵與彩霞消失，只留下飛行員與彈射椅。

脫困機制沒發動，所以達也擔心降落傘是否順利開啟，不過看來白操心了。飛行員掛在降落傘下方，逐漸降落在夜間海面。以季節與緯度來看應該不必擔心生命安危。

新接近的「大角鴞」有一架朝飛行車發射飛彈。以熱源、電波或磁力應該都偵測不到這邊的位置才對。大概是無線誘導飛彈吧？下方海面明明有同袍卻這麼亂來……達也如此心想。

他將一枚飛彈與八架戰鬥機同時「分解」。

無線電接收到咒罵惡魔的聲音。達也聽著逐漸墜落的飛行員謾罵，飛往珍珠與赫密士環礁方向尋找航母與隨行的戰鬥艦。

◇◇◇

安塔列斯少校與薩魯格斯中尉受邀進入作戰情報中心(CIC)。

「這個……我想是利用飛行魔法的航空機械。」

不是在艦橋，而是在ＣＩＣ發號施令的艦長問完，薩魯格斯有點缺乏自信地回答。他觀看的螢幕上，剛播完「香格里拉號」艦載機不久前傳來的短片。

「中尉，這種機械進入實用階段了嗎？」

「就下官所知，在我軍還沒進入實用階段。」

「安塔列斯少校覺得呢？」

艦長的視線從薩魯格斯移向安塔列斯。

「艦長，下官也這麼認為。」

「這麼一來，這架ＵＦＯ是日本的嗎？」

「下官也有同感。」

研發飛行魔法的是日本的ＦＬＴ。既然這樣，將利用飛行魔法的不明航空機械視為日本的實驗機堪稱妥當的推理。

「日軍為什麼要攻擊美國基地……」

「對方不一定是日軍吧。」

聽到艦長輕聲這麼說，安塔列斯提出反駁。

「研發出飛行魔法的是托拉斯．西爾弗……司波達也。他是『那個四葉』的核心人員。下官認為這很可能是『四葉』獨自開發的機種。」

『Ｆ—１４１，全機失聯。』

在沉重的氣氛中，對空監視ＡＩ捎來噩耗。

『敵方飛行物體，雷達依然沒有偵測反應。』

「提高可視光觀測的敏銳度！」

艦長以不耐煩的聲音向ＡＩ下令。

所有感應器已經以最高敏銳度嘗試偵測ＵＦＯ。艦長的命令會對可視光觀測機器造成過度負荷，但是軍用ＡＩ的特色就是不會在這時候頂嘴說「感應器恐怕會過熱燒燬」。

『——發現ＵＦＯ。距離２ＮＭ。』

「什麼？」

距離二海里。約三・七公里。艦長聽到這句報告叫出聲的下一秒，響起刺耳的警報聲。

螢幕顯示受損狀況。從艦首到中腹安裝的機關砲、對空雷射砲、對空與反潛飛彈發射器全部遭到破壞。

「顯示前甲板的影像！」

攝影機看來沒事，主螢幕播放從甲板室看向艦首方向的影像。

砲台與發射器沒失火。

機關砲與雷射砲消失無蹤，飛彈發射器像是被挖掉般消滅。

「這是怎樣……」

警報聲像是要蓋過艦長的聲音般再度響起。

『本艦已喪失對空戰鬥能力。』

聲音來自負責損害管控的艦身管理ＡＩ。

從顯示受損狀態的螢幕所見，甲板上與舷側的所有武器都「喪失」了。

「不可能……居然瞬間癱瘓本艦所有戰力！」

現狀只有魚雷的水中發射管倖免於難。艦長的驚叫並不誇張。

而且如同和他的「哀號」同步，甲板上的影像變黑關閉。

「怎麼了？」

『光學觀測機器疑似遭受破壞。』

艦身管理ＡＩ以沉著聲音報告。

ＡＩ聲音隱含的情感始終來自程式，設計成避免造成乘員的情緒波動。但是這種語氣在這時候莫名激怒艦長。

「誰都好！給我去甲板確認狀況之後回報！」

艦長下達明顯聽得出失去平常心的命令。

「艦長，由我們去吧。」

回應這道命令的是安塔列斯。

「……可以拜託你們嗎？」

艦長以稍微回復冷靜的語氣委託安塔列斯。

「遵命。」

安塔列斯與薩魯格斯以海軍式的敬禮回應。

◇◇◇

達也發現單獨超前的驅逐艦「瑟瓦利耶號」時，原本想直接一招擊沉。

這艘艦後方恐怕有航母與護衛艦伺機而動。如果花時間逐一處理，水波可能又被帶走。

達也持續標記水波的情報，所以不必擔心逃走或追丟。他也經由情報次元得知水波的病情惡化。然而達也在剛才「維吉尼亞號」即將重新航行之前確認時，水波的狀況「不知為何」有所改善，但是不能大意。水波被帶著到處跑的時候，症狀可能出現決定性的惡化，非得盡快救回。

即使如此，達也依然改變方針。沒有擊沉驅逐艦，只讓該艦無法攻擊他駕駛的飛行車。

達也將飛行車降落在失去砲台與發射器的甲板，然後下車。

有兩個人影朝站在夜空下的達也走過來。

「我等很久了，寄生物。」

達也改變方針的原因，是他「看見」驅逐艦上有寄生物。要是寄生物連同驅逐艦沉入海中，得花更多力氣才找得到，達也不想這麼做。

大概是從達也說的這句話得知他的目的——殲滅寄生物的意志吧。

安塔列斯突然施放魔法。

從魔法層面來看，寄生物的特徵在於魔法失去多樣性，發動速度顯著提升。

安塔列斯的「倪克斯」比達也的對抗魔法更早完成，厚厚一層阻礙魔法視覺的精神干涉力場覆蓋達也。

但是在下一瞬間……

「倪克斯」的黑暗無聲無息破碎飛散。

「——為什麼？」

安塔列斯出言譴責這個不合理的光景。

只要魔法視覺被遮蔽，就無法「看見」啟動式與魔法式。如果無法「視認」要消除的魔法，照道理甚至無法以對抗魔法瞄準。

（「倪克斯」，確實是棘手的魔法。）

達也沒回答安塔列斯的疑問，卻在心中承認他這個魔法的威力。

（不過即使無法以視覺影像認知，只要知道是什麼魔法就易於分解。）

「倪克斯」發動完成之後，確實妨礙了視覺影像的形成。但是「倪克斯」完成的過程，達也都「看」在眼裡。達也可以循著前一瞬間「看見」的「情報」找到現在的「情報」，也可以用「術式解散」分解該情報。

若要以「倪克斯」封鎖達也的能力，就不能讓他注意到魔法發動。除非是完美的奇襲，否則

「倪克斯」對達也不管用。

不知道是因為安塔列斯的魔法被破解，還是預先說好聯手出擊，緊接著薩魯格斯朝達也施放攻擊魔法。

果然比達也消除魔法效果的速度還快，薩魯格斯的魔法襲擊達也的精神。

沒有細部構造，彷彿影子的狼群。不，這是郊狼。

全身漆黑的無數郊狼露出獠牙咬向達也的心。

這是薩魯格斯擅長的精神干涉系魔法「伊刻洛斯」。

希臘神話夜之女神「倪克斯」的兒子「奧涅伊洛斯」是掌管「夢」的神族。其中採用獸類外型的夢神「佛貝托爾」別名「伊刻洛斯」。以此為名的這個魔法，是利用獸類幻影造成對方精神傷害的魔法。內心被惡夢獠牙啃咬撕碎的幻覺，會導致對方的精神衰弱。

然而對薩魯格斯說來遺憾，「伊刻洛斯」和「倪克斯」迎來相同的末路。

薩魯格斯比達也先完成魔法。但他的「伊刻洛斯」還沒發揮效果，就被達也的「術式解散」消除失效。

達也右手抽出ＣＡＤ「三尖戟」。

安塔列斯與薩魯格斯不死心持續以精神干涉系魔法攻擊，但達也分解魔法式，兩人的攻擊悉數失效。

達也利用裝甲內建的ＣＡＤ，連續使出「術式解散」。

「不可能！」

「為什麼？」

寄生物口吐悲嘆與憤怒，內心的紊亂導致魔法的連射出現空白。

達也沒放過這個空檔，扣下「三尖戟」的扳機。

（「雲消霧散」，發動。）

安塔列斯與薩魯格斯的軀體模糊晃動。

海風吞噬他們的身體，兩人的軀體消散到天空與大海。

之後留下兩具「寄生物」。

將人類變化為寄生物的妖魔主體。

（認知靈子情報體支持構造。）

寄生物的主體是包覆在想子之繭的靈子情報體。不，與其說是繭更像膠凍。保護核心靈子情報體的想子塊本身沒有固定形體，不過除此之外，還有別的想子情報體是讓靈子情報體存在於這個世界的立足點。

從沒有固定形體的想子塊內部，找出成為立足點的想子情報體。

達也從「靈子情報體存在於這個世界」的作用之中，間接讀取該立足點的構造。

（靈子情報體支持構造分解魔法「幽體消散」，發動。）

破壞靈子情報體——寄生物存在於這個世界所需的立足點。

失去存在基礎的靈子情報體，逐漸摔出這個世界。

被驅逐出這個世界。

兩具寄生物消失回到「那個世界」。

◇◇◇

埋葬寄生物完畢的達也，沒有繼續對驅逐艦「瑟瓦利耶號」出手。

不再關心，省下介入的時間。

他坐進飛行車，從「瑟瓦利耶號」的甲板起飛。

途中發現航母以及兩艘隨行護衛艦，但達也想裝作沒看見。

可惜對方不讓他順利通行。

護衛的驅逐艦甲板上，可動式的飛彈發射器朝向飛行車。方向失準應該是因為雷達不管用。

沒動用近距離雷達砲大概也是相同原因。

只要就這樣全速飛行，就可以逃離驅逐艦的攻擊。雖說只能達到次音速，不過設計上肯定不是高速飛行物體就能使用可視光瞄準鎖定。

不過艦載機立刻從空母起飛。這次確實比剛才的十架還多。若是成為空戰，不得不說很難在短時間內做個了斷。

達也在空中持續不規則地左彎右拐、上升下降（這動作正是想像中的外星船「UFO」），同時以「眼」看向護衛在空母前方的驅逐艦。

（艦名是「米勒・戴維斯」。）

（艦上沒有寄生物。）

（沒搭載ABC武器。）

先確認即使擊沉也沒問題。

（目標設定，「米勒・戴維斯」。）

準心鎖定在名為「米勒・戴維斯」的船艦全身。不是驅逐艦的某部位或某元件，是以名稱為關鍵，將艦身視為單一對象。

（取得「米勒・戴維斯」的構成素材情報。）

不是讀取以名字連結的對象物體構造，而是讀取素材的情報、素材結構元素的情報。

（「雲消霧散」，發動。）

驅逐艦艦身及其附屬物品、內建的武器、驅逐艦使用的燃料等，達也只以「米勒・戴維斯」

這個概念內含的物體為對象，發動「雲消霧散」。

將物質分解到元素層級的魔法。

驅逐艦的輪廓模糊晃動。

其英姿逐漸消失在粉塵與煙霧之中。

留下船員，逐漸沉沒。

乘組員激起華麗水花沉入海中，接著連忙浮上海面。該處沒有階級差距。軍官、士官或艦長都和二等兵一樣，露出不知道發生什麼事情的表情拚命划水。

達也打開在核子動力潛水航母「維吉尼亞號」獲得的通訊機。

「這邊是ＵＦＯ的飛行員。」

對於自己報上的名稱，達也不禁差點失笑。但這是很正經的交涉。要是對方誤以為被這邊瞧不起，原本順利的交涉也會碰壁。

「這邊沒有繼續交戰的意願。」

達也注意以嚴肅語氣朝通訊機發話。

『這邊是ＵＳＮＡ海軍航母「香格里拉號」。』

通訊機傳來回應。雖然早就確信接得通，但是實際收到回應還是鬆了口氣。上演一場沒人看的獨角戲很丟臉，達也在這部分也是普通人。

『UFO的飛行員，說出要求吧。』

「本機接下來要前往珍珠與赫密士基地，但是只要沒遭受攻擊，就不會對基地進行破壞。我的敵人是寄生物。」

『……所以？』

這名通訊對象應該是航母的艦長，不過達也認為他應該知道寄生物的存在。

「請貴官專心拯救落海的友軍。先起飛的艦載機飛行員也浮在前方海面。再強調一次，這邊沒有進一步攻擊的意願，也保證不會妨礙救援行動。」

『收到。』

航母的艦長立刻允諾。

『能夠專心進行救援行動，對這邊來說也是好事。』

「感謝你爽快答應。」

『……如果你願意幫忙驅逐寄生物，我也很歡迎。不過這是我個人的立場。』

「……現在講出這種話沒關係嗎？」

這段通訊沒有編碼。航母的船員與另一艘護衛艦的船員肯定都在聽。

『沒關係，海軍不能屈服於非人之妖魔。』

「這樣啊。」

達也不禁欣賞起這名艦長，如果不是這種狀況，甚至想直接見面做個自我介紹。

「那麼這邊就此告辭。」

然而現在的達也是偷襲正規軍的恐怖分子。雖說以裝甲的功能改變聲紋，原本即使讓別人聽到聲音也不太好。

『願上帝保佑貴官。』

聽到達也突然以冷漠話語道別，艦長回以不知道是認真還是挖苦的話語。

◇　◇　◇

免於和航母交戰的達也，這次真的是直接飛往水波所在的珍珠與赫密士基地。

正如他從三矢家那裡聽到的，眼前是半浮台式的人工島。從形狀與大小來看，應該是將海上機場用的超大型浮台挪用為基地。

（這是怎麼回事……？）

在基地上空盤旋的達也感到納悶。

沒有遭受基地的攻擊，達也一開始以為是航母「香格里拉號」的艦長幫他「美言」的結果。

但是隨著距離拉近，達也覺得愈來愈不對勁。

——感覺不到基地有人。

即使降低盤旋的高度，也完全看不見人影。

（基地裡居然只有水波一個人……？）

使用「精靈之眼」的結果值得驚訝。

人類只有水波一人，沒有寄生物的身影。

（是使用高超的隱蔽魔法嗎……？）

達也懷疑有某種未知魔法能完全瞞過他的「精靈之眼」。

可能是光宣發明了甚至能將魔法使用痕跡也完全隱藏的隱蔽魔法。或者是STARS有人會使用這種魔法。

但他的直覺否定這個猜測。雖然無法說明根據，不過這座基地目前沒有達也以外的魔法師。除了水波，這座基地千真萬確完全沒人。

（感覺「香格里拉號」的艦長不知道基地出事。）

雖然隔著通訊的電波，但是如果發生此等異狀，肯定會透露慌張或焦急。至少達也沒感受到這種情緒。

（……迷惘也無濟於事。）

只要降落到基地察看，或許可以稍微知道基地正在發生什麼事，或是發生了什麼事。

（如果什麼都查不到，那麼帶水波離開這裡就好。）

盤旋到第三圈的時候，達也決定採取這個方針。

降落在珍珠與赫密士基地，走下飛行車。

達也站在人工島，察覺到剛才在上空沒發現的魔法痕跡。

（大概是三十分鐘……不，四十分鐘前？）

強力魔法在這座基地肆虐數十次……不，恐怕肆虐一百次以上的遺痕。

（這種痕跡……肯定沒錯。是光宣的「人體引火」。）

基地洋溢的魔法餘香，無疑是以前光宣差點取走達也性命的「人體引火」。構成人體的細胞強行釋放電子，以分子層級破壞人體的致命魔法。既然使用了上百次，就代表光宣以這個魔法屠殺了上百人。

（光宣……發生了什麼事？）

不考慮光宣被寄生物吞噬內心的可能性。不是「不想相信」，是達也高度讚賞光宣包括精神力的所有能力。

想到光宣至今對水波展現的執著，也無法理解他為何留下水波一人。

（總之……去水波那裡吧。）

達也剛才將飛行車降落在醫院旁邊。當然不是巧合。為了帶回水波，達也踏入無人的醫院。

醫院是三層樓高的建築物，水波在三樓病房。

她穿的不是病人服，是短袖素面上衣加上捲起褲管的及踝長褲。大概是美軍女兵的配給品。

「水波。」

坐在病床面向窗戶的水波，聽到達也的聲音之後起立轉身。

「達也大人……」

像是靈魂半出竅般恍惚的水波，轉變成半哭半笑的表情。

「我……」

一行淚從水波左眼滑落。

「被光宣大人留下來了。」

「光宣說了什麼嗎？」

「不。他是在我，睡著的，時候……」

水波的語氣逐漸結巴。

水波又流下一行淚。這次是右眼。

光宣那邊肯定有某種理由，而且不是隨隨便便的理由，是情非得已的理由。

或許是光宣和美軍之間出現嚴重摩擦。殘留在這座基地的殺戮痕跡，或許是光宣和美軍陷入正式對立的結果。

但是達也沒說出這個推測。

也沒問水波是否想跟著光宣走。

「水波，回去吧。」

達也就只是對水波說出這句話。

「達也大人……！」

水波撲向達也的胸口。

她依偎著達也，以孩童般的聲音哭泣。

達也如同要安撫年幼的妹妹，做出沒能對兒時深雪做的舉動。他輕輕摟住水波的頭，不斷輕輕撫摸水波的背。

「準備好了嗎？」

達也以餘光詢問坐在飛行車副駕駛座的水波。

「好了。」

以四點式安全帶將身體固定在座位的水波，低著頭回應達也。她臉頰的紅暈還沒消退，剛才依偎在達也懷裡哭泣，似乎令她相當害羞——額頭有別於臉頰微微發紅，肯定是因為她將頭靠在解放裝甲的堅硬胸板。

達也看向正前方，朝著飛行車的飛行演算裝置注入想子。

「回去吧，回到我們的家。」

「——好的。」

這次水波確實點頭回應達也的話語。

飛行車輕盈離陸。

逐漸提升速度，離開基地。

水波轉過頭，從副駕駛座的車窗朝珍珠與赫密士基地一瞥。

掠過眼眸的哀傷光芒，在重新面向正前方的時候完全消失。

◇　◇　◇

達也回程的路線稍微比去程偏南，朝著巳燒島飛行。

途中以無線電連絡「維吉尼亞號」，告知要直接返國。

柯蒂斯艦長祝賀任務成功，新發田勝成只回了一句「收到」。

從珍珠與赫密士基地起飛經過約三小時。

「達也大人，那個……沒問題嗎？」

水波突然以擔心般的聲音詢問達也。

達也立刻理解她問的是「長時間持續使用魔法沒問題嗎」。

「十小時左右的話完全沒問題。順帶一提，預定再四小時左右抵達。」

達也老實回答，使得水波感到佩服，應該說感到傻眼。

「那妳呢？會不舒服嗎？」

接著他詢問水波的身體狀況。

「不會，我沒事。抱歉害您操心了。」

「妳在珍珠與赫密士基地好像有住院……？」

達也沒說自己一直在追蹤水波的「情報」。因為他認為自己「看」的是情報本身，雖然不是構成偷拍的影像或聲音，但是無關於這種道理，水波肯定會不好意思——總之，這可以說是妥當的判斷。

所以達也假裝不知道水波五天前陷入危險狀態。

「……是的。不過，今天沒事。」

水波有點結巴，應該是因為想要隱瞞病倒的事實吧。

只不過，水波的回答沒有逞強。

即使以達也的「眼」來「看」，水波的狀況也沒有大礙。至少魔法演算領域過熱的症狀穩定下來了。

（是光宣做了什麼嗎？可是看不出化為寄生物的徵兆……）

水波病情好轉是值得高興的事，卻不太自然。

何況這發生在她剛剛和光宣離別之後，所以不得不懷疑其中的因果關係。

「這樣啊，太好了。」

但是達也只說出這句回應。

◇　◇　◇

ＵＳＮＡ的偵察衛星捕捉到像是薄霧沿著太平洋往西的影子。

剛開始，管理偵察衛星的ＵＳＮＡ太空軍監視人員認為這個影子是監視器的雜訊。但是該飛行物體明顯以人為操控的動作從珍珠與赫密士環礁前往日本，所以監視人員判斷這是具備高度隱形功能的航空機械，當成需要緊急應對的情報回報給參謀總部。

連偵察衛星都無法分析真面目的航空機械，是國防上的嚴重威脅。統合參謀總部決定以潛藏在日本近海的潛水航母派出航空戰力逮捕，若是無法逮捕就直接擊墜，這樣的判斷並不奇怪。

但是這項決定在傳達給海軍司令部的階段被擋下。如果沒經過國家安全保障會議的決議就冒著和同盟國日本開戰的風險，過於偏離文人領軍的原則，因此這個決定被退回給統合參謀總部。

參謀總部堅稱如果沒立刻處理將會追丟，他們主張不能無視於國防的潛在威脅。

這從軍事角度來看或許正確。但是到頭來沒能讓政治家接受。中途島以及珍珠與赫密士環礁遭遇的慘劇，在這個時間點依然被當成機密，沒有回報給統合參謀總部，這也成為缺乏籌碼說服上級的原因。

聯邦軍與國防部都沒人知道，這次的介入是由參議院議員懷亞特·柯蒂斯主導進行。

◇◇◇

七月二十四日，凌晨零點多。

颱風稍微加速掠過紀伊半島外圍之後，目前在東海地方外海往東前進。從路線來看即將登陸這座巳燒島。

「深雪……還不睡嗎？」

位於島嶼西側，居住用大樓的某個房間，深雪站在窗邊眺望屋外，同居人莉娜這麼問。

真由美與穗香等人住了一晚，在昨天回到本土。只有深雪與莉娜兩人留在這座島。

「嗯。因為如果本家的情報沒錯，哥哥這時間差不多要回來了。」

轉身的深雪臉上掛著笑容。在莉娜眼中，深雪看起來不只是臉上，全身都洋溢著喜悅。

「在這種暴風雨回來？」

大概是被這股幸福的氣息震懾，莉娜的聲音聽起來沒透露傻眼的感覺，就只是質疑的語氣。

「就是因為風雨夠大喔。」

「啊啊……原來如此。」

莉娜立刻聽懂深雪的意思。

「是躲在颱鳳的雲層裡面回來吧？」

「就是這麼回事。」

聽完莉娜的推測，深雪點頭表示是正確答案。此外莉娜雖然不再說「颸風」，將「颱風」念成「颱鳳」的毛病卻遲遲改不掉。

窗外下著傾盆大雨。颱風主體還沒抵達，但是颱風東側的活絡烏雲厚厚覆蓋夜空。在這種天候狀況，包括偵察衛星與對流層平台，非紅外線的攝影機都不管用。飛行車不會釋放可視光以外，所以事實上不可能被偵測到。

在這片黑暗之下，深雪確實看見了「光」。

「哥哥！」

「咦？」

深雪這一喊，引得莉娜以疑惑表情定睛注視。

但是莉娜只看見浮現在微弱燈光的豪雨。

「在哪裡？」莉娜想這麼詢問深雪。

但在這句疑問化為聲音之前，深雪就轉身走向玄關。

「慢著！等一下，深雪！」

「莉娜，快點！不然要扔下妳了！」

深雪不理莉娜的制止──姑且好像有聽到，卻毫無聽話的意願，穿上鞋子從玄關走出去。

「啊啊，真是的！」

莉娜負責保護深雪。即使發脾氣，她依然追在深雪的身後。

話是這麼說，但深雪也不想在這場大雨衝出去。

她等待莉娜過來，一起搭電梯。

深雪舉起ＩＤ卡，打開樓層指示鍵下方的面板。

面板後面藏著一個只顯示「Ｂ」的按鍵。

深雪毫不猶豫按下這個按鍵。

以適當速度下降的電梯帶兩人抵達的地方，停著一台近似小型電車，必須行駛在既定軌道上的車子。

深雪與莉娜同時坐進這輛四人座的小型車。

「去機場沒錯吧？」

「嗯，拜託了。」

深雪點頭回應莉娜的問題，莉娜聽完按下儀表板上的一個按鍵。

這個按鍵寫著「機場」兩個字。

兩人利用重要人士專用的地下鐵前往機場航廈。

雖然已經凌晨換日，但是和一般的民用機場不同，職員還在工作。

以深雪的角度來看是理所當然，因為達也回來了。

「深雪大人，歡迎您。」

「辛苦了。」

職員鄭重行禮，深雪只回這句話，然後走向面對跑道的出入口。

接著深雪停下腳步，莉娜隨後追上。

幾乎在同一時間，出入口的雙層門，靠內側的這層門打開了。

「我回來了。」

「哥哥，歡迎回來。」

達也將解放裝甲的頭盔抱在腋下，深雪深深鞠躬迎接他。

莉娜的雙眼不是看向這項一如往常的儀式，而是看向在達也斜後方待命的少女。

莉娜逃到日本，是水波住院之後的事。

她去年冬天來到日本的時候，水波還沒來到深雪身旁。

這是莉娜第一次見到水波。

莉娜原本想請達也介紹水波。

但是看到水波的眼神望著深雪，莉娜便自制沒搭話。

達也轉身看向水波。

水波有點猶豫地向前一步。

「水波，歡迎回來。」

先開口的是深雪。

「深雪大人，那個……」

「我沒要求道歉。水波，妳懂吧？」

這句話使得水波開始發抖。

「請問我……果然沒被原諒嗎？」

「打從一開始，就沒有什麼必須由我原諒的事吧？不提這個，回來的時候要說什麼呢？」

「我……可以回來嗎？」

「我已經先說了喔。『歡迎回來』。」

深雪露出笑容，張開雙手。

「真拿妳沒辦法，所以水波，我再說一次喔。『歡迎回來』。」

水波的身體停止顫抖。

她猛然走向前。

雙腳跪地。

依偎在裙子包覆的深雪雙腿。

「對不起！深雪大人，對不起……！」

水波流下豆大的淚珠，以哽咽的聲音不斷道歉。

「真是的……我說過不必道歉吧？」

深雪以充滿慈愛的笑容俯視水波，溫柔撫摸她的頭。

雖然深雪掛著笑容，但她的雙眼也泛著淚光。

〔奪還篇　完〕

後記

為各位獻上《魔法科高中的劣等生》第三十集〈奪還篇〉。

各位覺得如何？

看得愉快嗎？

這本第三十集有許多新角色以配角身分登場。但是各位不必擔心。即使不記得他們的名字，也可以順利看完整部系列。只要知道美國出現達也與深雪的強力靠山，全球知名的印度學者提倡「魔法師這個種族」實行自治就可以了。

各位讀者應該記得〈橫濱騷亂篇〉的最後是「這天也是魔法師這個種族，榮耀與苦難歷史的真正起始日」這句旁白。「Magian」與「Magist」的命名，以及「Magian」為了在這個世界實現自治夢想所走的路，無疑正是〈橫濱騷亂篇〉寫到的「榮耀與苦難的歷史」。經過二十三集（不包括ＳＳ）終於開始回收這個伏筆。而且說來遺憾，在《魔法科高中的劣等生》無法完全回收這個伏筆。因為這不是能在達也與深雪從高中畢業之前做個了結的主題。

過於露骨的爆料祕辛大致說到這裡。

無須多說，這本第三十集登場的船艦與戰鬥機名稱純屬虛構，和實際存在的事物毫無關係。「香格里拉號」暫且不提（沒沉沒所以沒關係吧？），其他名稱肯定沒撞名……才對。如果有真實存在的名稱，敬請見諒。

對於熟悉英文到某種程度的讀者來說是多餘的註釋，不過「大角鴞」是一種貓頭鷹。貓頭鷹（梟）姑且是猛禽，所以我覺得應該能當成戰鬥機的別名。

F141是取「one for one」（一對一）的諧音。有著「見一架殺一架」的意思。換句話說就是「單挑空戰的話不會輸」。這種型號將來應該永遠不會有吧……我也抱持這個期待。

「冠鵰」是「冠鷹鵰」的簡寫，是非洲最大型的猛禽「非洲冠鵰」。關於美軍採用沒分布在美洲大陸的鳥名，請各位忽略這一點。

我想，這次也有人預測（期待？）達也與光宣會做個了結。但是正如我在其他地方說過很多次，光宣是「最終魔王」。是「最終」的「魔王」，所以會一直登場到最後一集。只是還不確定他在下一集是否有機會登場。

……不過雖說是「最終魔王」，但我也覺得擋在前方的不是光宣，而是達也這一邊。

關於下一本作品，本系列會休息一次，預定為各位獻上《司波達也暗殺計畫》第三集。再來計畫推出本系列的〈未來篇〉。

向各位預告一下，〈未來篇〉是和貝佐布拉佐夫的決戰篇。不只是貝佐布拉佐夫，還有其他戰略級魔法師以敵人身分登場。這個世界將以日本為中心迎來第四次世界大戰，也是第一次魔法大戰的危機。敬請期待。

《魔法科高中的劣等生》下一集第三十一集〈未來篇〉，也請各位多多指教。

（佐島　勤）

©Okina Baba, Tsukasa Kiryu 2020 / KADOKAWA CORPORATION

轉生成蜘蛛又怎樣！ 1~12 待續

Kadokawa Fantastic Novels

作者：馬場翁　插畫：輝竜司

為了追求自己所認定的「和平」，
勇者與魔王站上互相對立的位置——

人魔大戰終於爆發！阻擋在新魔族軍面前的，是唯一有能力殺掉魔王的勇者尤利烏斯。為了實現魔王追求的世界和平，一個不分人族、魔族，盡可能殺死大量生命，還要抹殺掉勇者的計畫正式上演！這場戰爭究竟會有什麼結局呢？

各 **NT$240~260/HK$75~87**

©Sakaki Sengetsu, Touzai 2019 / KADOKAWA CORPORATION

以我的能力創造開外掛的老婆們 1~8 待續

Kadokawa Fantastic Novels

作者：千月さかき　插畫：東西

這次凪竟假扮成蕾蒂西亞的未婚夫!?
全系列突破33萬冊的最強後宮系列第八彈！

凪一行人回到伊爾卡法與蕾蒂西亞重逢。但城市卻遭到石像鬼的襲擊，幸好凪等人打倒了石像鬼，但功勞卻被譽為「慈愛的克勞蒂亞公主」的第三公主的士兵搶走，對市民宣稱是他們拯救了城市……!?被捲入王家陰謀的凪等人能否化險為夷!?

各 **NT$200~240/HK$65~80**

©Isuna Hasekura 2019 / KADOKAWA CORPORATION

狼與辛香料 1~22 待續

Kadokawa Fantastic Novels

作者：支倉凍砂　插畫：文倉 十

赫蘿與羅倫斯的甜蜜生活第五彈！
巧遇故人艾莉莎卻委託他們調查魔山祕密!?

前旅行商人羅倫斯與賢狼赫蘿再度踏上旅途。他們遇見了老友艾莉莎，並受她所託去調查一座魔山，挖掘「鍊金術師與墮天使」的祕密？另外羅倫斯還以商人直覺拯救小鎮脫離還債地獄；而赫蘿的女兒繆里和矢志投身聖職的青年寇爾卻傳出舉辦婚禮？

各 **NT$180~250/HK$50~83**

©Nagaru Tanigawa, Noizi Ito 2020 / KADOKAWA CORPORATION

涼宮春日的直覺

Kadokawa Fantastic Novels

作者：谷川流　插畫：いとうのいぢ

睽違9年半的涼宮系列最新刊！
輕小說界最強女主角涼宮春日重磅回歸！

都升二年級了，涼宮春日也一樣異想天開。一下帶領SOS團想走遍全市神社作新年參拜，一下想調查根本不存在的北高七大不可思議，此外，鶴屋學姊還從國外寄來了一封神祕信件，向SOS團下戰帖？天下無雙的超人氣系列作第12集震撼登場！

NT$280/HK$93

©Rhythm Aida, nauribon 2017 / KADOKAWA CORPORATION

轉生為豬公爵的我，這次要向妳告白 1~3 待續

Kadokawa Fantastic Novels

作者：合田拍子　插畫：nauribon

豬公爵為尋找龍的幼體探索迷宮！
傳說的黑龍卻趁機襲擊學園!?

達利斯下一代女王卡莉娜來訪讓學園為之沸騰，史洛接下照顧公主的職責，並與公主一起前往探索迷宮……此時傳說中的黑龍卻趁機襲擊學園。面對強大的怪物，學園陷入嚴重的混亂……史洛來得及趕回去救援學園與夏洛特的危機嗎!?

各 NT$220/HK$73~75

©Yasohachi Tsuchise 2019 Illustration：Hagure Yuuki / KADOKAWA CORPORATION

鐵鏟無雙「鐵鏟波動砲！」(`･ω･´)♂〓〓〓〓★(ﾟДﾟ ;;;).:∴轟隆 1~2 待續

Kadokawa Fantastic Novels

作者：つちせ八十八　插畫：憂姫はぐれ

以鐵鏟在劍與魔法的世界開無雙！
令人痛快無比的冒險奇譚第二鏟！

亞蘭等人造訪冰之國，用礦工禁忌教典喚醒古代賢者莉茲的記憶，並用礦工隕石招來一擊粉碎敵人，輕鬆取得寶珠。莉緹西亞公主擔心一旦收集完寶珠，旅程將結束，會與礦工大人分別，於是下定決心征服世界，真是究極的女主角！超英雄幻想奇譚第二集！

各 **NT$200/HK$67**

國家圖書館出版品預行編目資料

魔法科高中的劣等生. 30, 奪還篇/佐島勤作；哈泥蛙譯. -- 初版. -- 臺北市：臺灣角川股份有限公司, 2021.02

面； 公分. -- (Kadokawa fantastic novels)

譯自：魔法科高校の劣等生. 30, 奪還編

ISBN 978-986-524-226-8(平裝)

861.57 109020380

Kadokawa
Fantastic
Novels

魔法科高中的劣等生 30
奪還篇

（原著名：魔法科高校の劣等生30 奪還編）

2021年2月4日 初版第1刷發行
2022年3月15日 初版第2刷發行

作　　者：佐島 勤
插　　畫：石田可奈
日版設計：BEE-PEE
譯　　者：哈泥蛙

發 行 人：岩崎剛人
總 編 輯：蔡佩芬
編　　輯：黎夢萍
美術設計：黃永漢
印　　務：李明修（主任）、張加恩（主任）、張凱棋
發 行 所：台灣角川股份有限公司
地　　址：104台北市中山區松江路223號3樓
電　　話：（02）2515-3000
傳　　真：（02）2515-0033
網　　址：www.kadokawa.com.tw
劃撥帳戶：台灣角川股份有限公司
劃撥帳號：19487412
法律顧問：有澤法律事務所
製　　版：巨茂科技印刷有限公司
ISBN：978-986-524-226-8

※版權所有，未經許可，不許轉載。
※本書如有破損、裝訂錯誤，請持購買憑證回原購買處或連同憑證寄回出版社更換。

MAHOKA KOUKOU NO RETTOUSEI Vol.30 DAKKAN HEN
©Tsutomu Sato 2019
Edited by 電撃文庫
First published in Japan in 2019 by KADOKAWA CORPORATION, Tokyo.
Complex Chinese translation rights arranged with KADOKAWA CORPORATION, Tokyo.